レジェンドノベルス
LEGEND NOVELS

無双航路 1

転生して宇宙戦艦のAIになりました

JN202959

contents

レジェンドノベルス
LEGEND NOVELS

無双航路 1

転生して宇宙戦艦のＡＩになりました

第一章　人間以上

1

目覚めた瞬間、直径一メートル、重さ七トンの質量弾が、ぼくの第三補助エンジンを吹き飛ばした。痛みにも似た感覚が駆け抜ける。

ぼくに刻まれたプログラムが、自動的に尾部デッキのエアロックを封鎖した。デッキ天井の端にあった百七番カメラが、めちゃくちゃに破壊されたエンジンブロックの内部映像を送ってきた。

壁が剝がれ、人間の腱《けん》のような配線が剝き出《むだ》しになっている。折れたパイプから暗い色の液体が飛び散り、極低温《きょくていおん》の宇宙空間でたちどころに凍り付く。液体は、超光速航法用のカッセンブローオイルだ。

ぼくは、なんで、そんなオイルの名前を知ってるんだ？

ぼくの中の、別のぼくが答えた。

それは、ぼくが、この帝国軍第十軍団に所属する、巡洋戦艦カプリコンの仮想人格プログラムだからだ。カプリコンは全長四百五十一メートル、乗員は五百名、主武装は大質量弾砲八門、近距離補助兵器として熱レーザー砲が三十二門、侵攻用突撃艇三隻《せき》を体内に抱えている。第七大隊では、十四隻の戦艦を除けば最大の艦艇だ。

なにを言ってる？　ぼくが巡洋戦艦のＡＩ？

ぼくは阿佐ヶ谷《あさや》真《しん》、十七歳、高校二年生。成績は上の下で、アーチェリー部所属。日本人で、人間だ。

また別のぼくが答える。

アーチェリーは古代の人類が嗜《たしな》んだ狩猟スポーツ。一万年以上昔に廃《すた》れている。つまり、ぼくが現在、人間である可能性はゼロだ。

ぼくは額に手を当てようとしたが、肝心の手がない。ぼくの身体《からだ》は、この巨大な航宙艦そのものなのだ。心的ストレスを減らすためか、中央ブロック、六十八番トイレの蛇口が回り、きっかり〇・三秒だけ水を出して止まった。額に手を当てる代わりらしい。

レーダーが新たな質量弾の襲来を探知した。

メインエンジンがパワーを絞り出し、艦体を捻《ひね》るように回転させる。各ブロックの継ぎ目が苦しそうな悲鳴をあげる。

質量弾は七番砲塔を掠《かす》め、大宇宙の深淵《しんえん》に消えた。

なにがどうなってるんだ!?

「なにがどうなってるんだ!?」

自分の声が出た。

擬似音声を出力したのは艦橋スピーカーだ。カプリコンの艦橋は艦体の中心部にある。航宙艦の心臓部ゆえ、もっとも攻撃を受けづらい位置に作られている。

艦橋の音響システムが、ほかの誰かの声を拾った。

『「どうなってる』は、こっちのセリフよ、カプリコン！　戦闘中なのよ！　プログラム更新を停止して、全メモリを戦闘行動に当てなさい！」

カメラが声の主を捉えた。

艦橋、艦長席に座っている女性、いや女の子だ。士官を表す紺色のスーツに身を包んでいる。

別のぼくが彼女の情報を呼び出す。

ソハイーラ・ユリウス・メイローザ。帝国軍第十軍団第七大隊巡洋戦艦カプリコン付中佐。参謀補佐。訂正、艦長はじめ指揮官級戦死につき、臨時艦長に戦時昇進。

肌は磁器のように白く、顔は驚くほど小さい。長いまつげで縁取られた黒い瞳は不安と緊張に潤んでいた。完璧に整った顔立ちは、神々しさすら感じさせるが、どこか見知った隣人のような雰囲気も宿していた。

「カプリコン！」彼女が繰り返した。

ぼくはスピーカーから言った。

「ぼくはカプリコンではありません。阿佐ヶ谷真です」

「アサガヤシン？　なに？　そんな艦名は聞いたことないわよ」

「ぼくは艦じゃありません。人間です」

艦橋の隅で、戦闘記録手が呟《つぶや》くのが聞こえた。

「終わりだ。カプリコンがウイルスに感染した。狂っちまってる」

隣の士官が言った。

「そんなわけがあるか。巡洋戦艦のシステムは完全独立型だぞ」

「いいや、艦長たちがスパイに殺されたんだ。ウイルスを流し込まれてもおかしくない」

艦長が殺された？

だが、もう一人のぼくは質問に答えない。代わりに、〝記録データなし〟と返してきた。見れば、ソハイーラの座る艦長席の周囲が焼け焦げていた。煙感知器は炭素粒子を検知している。なんらかの爆発があったらしい。指揮官用モニターにはヒビが入り、拭き取り損ねたのか、血痕らしき跡がついている。個人コンソールの一部は間に合わせの部品で修理されていた。艦橋の片隅には青い将官用遺体袋が五つ。

ぼく全体であちこちにエラーが出ている。不要な更新プログラムが走り、攻撃システム、防御システムがともにダウン。内部記録に不備。ぼくは約五分前から二分前にかけてシャットダウン状態にあった。

ソハイーラが言った。

「あなたは人間じゃない。巡洋戦艦よ」

「いえ、ぼくはただの高校生です」

「コーコーセ？　なに？」

彼女が誰かを探すように首を振った。

その誰からしき人物が、艦橋の階段を駆け上がる。グラマラスな女性士官だ。息を切らせながら、ソハイーラの横に立ち、彼女にささやいた。

「おそらく、建造時に使用された仮AIです。スパイによるシステム攻撃で、正規AIのカプリコンが消滅したために表に出たのかと。本艦は、数千年前の古代艦を改修して造られています。当時のAIは極度に自立した設計だったと聞きます。なんらかの事情で自分をプログラムではなく人間だと思い込んでいるのでしょう」

「建設用の仮AI？　ヴェガ、わたしたち、もうおしまいだわ」

「そうとは限りません。カプリコンの人格プログラムが消えても、戦闘艦としての基本システムは残っているはず。古代の、いまよりも遥《はる》かに優れていたAIなら扱えるかもしれません」

彼女らが小声で議論している間にも、もう一人のぼくは急速にシステムを回復していた。まもなく、攻撃可能な状態になる。

ソハイーラが声を大きくした。

「アサガヤシン、状況を報告しなさい！」

ぼくはなにも答えない。

彼女が人差し指で額の汗を拭った。

「アサガヤシン！　どうしたの？」

「あなたに従う義務はないんで。そもそも夢ですし、これ」

そう、夢だ。

合理的な結論に辿《たど》り着《つ》いた。今朝七時半、ぼくは三鷹市上連雀《みたかしかみれんじゃく》の家を出た。カバンには母さんの作ってくれた弁当、昨夜十一時までかかった英語の宿題。クラスメイトの良太《りょうた》から借りた漫画三冊。自転車で三鷹通りを南下して、市役所前を過ぎて――。

過ぎてからどうした？

記憶がない。いきなり今だ。おそらく、ぼくは一限目の古文の授業中に眠りこんでしまったのだ。二週間前に見た『スター・ウォーズ』の新作のせいで、こんな夢を見ている。もうすぐ湯之谷《ゆのたに》先生の嫌味ったらしいキンキン声が聞こえてくるはずだ。ぼくがあわてて立ち上がると、隣の席の桜子《さくらこ》がクスリと笑う。

もう一人のぼくが言った。

これは現実だ。現実だと言うことは理解しているはずだ。なぜなら、ぼくはＡＩなのだから。ＡＩは人間と異なり、事実は事実として受け入れる。古代でなにがあったにせよ、ぼくの肉体はすでになく、ぼくの精神だけがプログラムとしてここにある。遥かな昔に、誰かがぼくのマインドスキャンを行い、ＡＩに組み込んだ。それがぼくだ。

違う！　ぼくは頭の中でどなった。ぼくは人間だ！

ソハイーラが小さな手を握りしめた。

「夢？　なにを言ってるのかわからないけど、あなた、ＡＩなのに命令に逆らうの？　わたしはこの艦の艦長なのよ」

「ぼくは人間ですから」

警戒システムが、数万キロ離れた敵艦からの攻撃を探知した。五隻の敵巡洋戦艦が放った計二十発の誘導型質量弾だ。もう一人のぼくが行っている回避行動だけで避けきれるものではない。三分後には、ぼくは内部の人間もろとも宇宙の藻屑《もくず》になる。

戦況スクリーンにも、探知した敵攻撃が表示されている。ソハイーラとＡＩ心理担当技官のヴェガ・サランドラの顔が青ざめた。

艦橋クルーの誰かが、「ヤヌスよ！　我らを救いたまえ！」と叫んだ。

ソハイーラが言った。

「もう一度だけ言います。わたしに従いなさい。さもないとシャットダウンするわよ」

「お好きにどうぞ」

彼女が金魚のように口を開けしめした。顔が真っ白だ。

古文の湯之谷先生はいつになったら、ぼくが寝ていることに気づくのか。いや、そのシャットダウンとやらが行われると同時に、ぼくは現実で目覚めるのか？

巡洋戦艦のシステムを一度落とすと、再起動には最低でも三日間必要。どうでもいい情報が頭の中に浮かんできた。なら、ぼくはなんなんだ？　出てきて数分なのに、もう攻防両方のシステムを掌握しかけているぞ。

ヴェガが言った。

「ねえ、アサガヤシン。人間ってなにかしら」

彼女のこめかみから汗が流れ、長い首筋を伝って豊満な胸元へ落ちた。

「は？」と、ぼく。

「ＡＩ技官のわたしが思うに、人間とは〝考えるもの〟よ。大昔から伝わる言葉にもあるわ、〝わたしは考える、ゆえにわたしがいる〟って。この世界は夢かもしれないし、そうでないかもしれない。ただ、一つだけ確かなのは、あなたという考える存在は間違いなくここにあるってこと。あなたがなんなのかはひとまず棚上げしない？　ただ、あなたという存在を守ってみるのはどう？」

大量の質量弾は高速で接近している。

着弾まで、残り二分。

ヴェガの哲学的説得は、ぼくの心を素通りした。〝これが夢でなく現実かもしれない、その可能性があるなら、念のため自分を守ったほうが得ではないか〟もっともな意見だが、どうでもよかった。現実だとすれば、父さんも母さんも、友達も、好きな子も、みんなとっくの昔に死んでいる。そんな世界でどうやって生きていけと言うのか。

そして、これは現実だ。

ぼくの感情がどれほど喚《わめ》いても、事実は変えられない。もう一人のぼくは事態を正確に認識している。そこに嘘《うそ》はない。なぜなら、彼もまたぼく自身だから。

着弾まで、残り一分。

ヴェガが小難しいことをまくしたてている。

ソハイーラは、黙って正面スクリーンを睨《にら》んでいた。唇を噛《か》み締《し》め、涙を堪《こら》え、近づいてくる質量弾の表示を見つめている。指揮官の脱出カプセルはすぐ後ろにある。指揮官用カプセルはぼくから独立しているので、彼女だけは助かるだろう。艦橋にいるほかの船員は無理だ。一般船員用のカプセルまでは、走って一分かかるうえ、肝心の脱出システムがダウン状態なのだ。

ヴェガが彼女の袖を摑《つか》み、指揮官用カプセルに引きずっていこうとした。彼女が振り払う。彼女は艦長なのだ。ほんの数分前に戦時昇格したばかりでも、その職責を果たすつもりだ。

着弾まで残り十秒。

自動回避システムがエンジン出力をコントロールし、船体が回転する。クルーたちが目を瞑《つぶ》り、神の名を叫んだ。帝国万歳と叫んだ。

二十発の質量弾のうち、十九までは際どいところでそれるだろう。だが、残り一発は船体中央を直撃する。ぼくの身体はへし折れ、クルーたちは真空中に投げ出され、三分以内に血液を沸騰させながら凍り付く。

強烈なGが艦橋を襲った。ぼくの制動が慣性制御装置の限界を超えているのだ。ソハイーラは血の飛び散った指揮官席にしがみつきながら、目をしっかと開け、スクリーンを見つめていた。

残り二秒。

ぼくは防御システムと攻撃システムを起動した。

時間感覚が急激に伸びていく。

ぼくには質量弾に対する防御フィールドが備わっているが、ここまで接近を許しては防ぎきれない。通常の艦船ＡＩなら、もはや着弾警報を鳴らすくらいしか術《すべ》はないだろう。

しかし、ぼくは違う。

なぜか、適切な処置がわかる。

ぼくはフィールドを球形ではなく、砂時計形に展開した。砂時計の天井と底は空けてある。敵の質量弾が砂時計の片側から入った瞬間に、自分の質量弾を撃ち出した。質量弾同士はフィールドに導かれ、砂時計の砂が落ちる部分で衝突した。

どん！　と船体が揺れた。砕け散った無数の質量弾が降り注いだのだ。艦橋が悲鳴に包まれ、スクリーンが警告表示で真っ赤に染まった。

ぼくの外殻は耐えきった。

さすがは帝国の誇る巡洋戦艦だ。大きめの破片が二ヵ所で艦体を貫いていたが、致命傷ではない。エンジンも戦闘システムも生きている。人的損耗もゼロ。

クルーが歓声をあげた。

ソハイーラが身体を起こしながら言った。

「礼は言わないわよ。あなたがわたしの命令に従うのは当然なんだから」

いいさ、別に感謝されようと思って助けたわけじゃない。

ソハイーラが居丈高に言う。

「アサガヤシン、ただちに敵艦に反撃しなさい。質量弾の準備を！」

ぼくは彼女を無視すると、自身の状況を再確認した。不可思議な話だが、ぼくは自身が巡洋戦艦になったことをスムーズに受け入れていた。船内、船外の無数のカメラやセンサーからの情報は、自然と整理され、必要な情報が随時頭の端に入ってくる。エンジン出力の調整、防御フィールドのコントロール、生命維持装置へのエネルギー振り分け、無数の作業を同時に処理している。自身が何百人にも分裂し、意識を共有しながら個別にタスクに取り組んでいるようだ。

船外センサーが、ぼくを付け狙う五隻の敵巡洋戦艦を追尾している。ぼくはいまよりも遥かに戦争技術が進化していた時代の産物なので、同じ巡洋戦艦でも基礎性能は上回っている。とはいえ、五隻同時に相手をするのは厳しい。そもそも、僚艦はどこに行ったのか。巡洋戦艦単体で戦場に来るなどあり得ない。

疑問に、もう一人のぼくが答えた。

帝国軍第十軍団は、三十五分前に壊滅した。

今回の作戦は帝国と連合の間の長きにわたる戦いを終結させるための、一大作戦だった。帝国は持てる戦力のすべてを投入し、第一、第二、第五の軍団が第十に編入された。総艦数は主要艦のみで二百四十隻。二人の大提督と三人の皇子が指揮をとり、七人の皇女が皇子の乗らない大隊旗艦に同乗した。

会戦の場に選ばれたのは、連合領域の奥深くに存在するシャカ星系。情報部によれば、ここここそ連合最大の軍事拠点、星系全体が巨大な造船工場であり、落とせば連合には降伏の道以外なくなる。連合が気づいていない超光速航法可能地点——通称ジャンプ点を利用することで、帝国軍は突如星系内に出現し、浮き足立つ連合艦隊に猛攻撃を加えるはずだった。

実際は、ジャンプ点から出現した瞬間、帝国艦隊の大半が機能を停止した。さらにどういう手段を使ったのか、多数の主要艦の艦橋で爆発が起こり、将官たちが命を落とした。そこに、待ち構えていた連合艦隊が、帝国艦隊以上の艦数で襲いかかった。

現在、星系内各所で絶望的な逃走劇が繰り広げられている。帝国の残存艦数は、主要艦で戦艦が六、巡洋戦艦が二十八。補助艦では重巡洋艦五十七、軽巡洋艦七十二、駆逐艦百二十一だ。それぞれがバラバラに散らばり、一隻につき五ないし六の連合艦に追われている。

見ている間にも、巡洋戦艦バライディンが轟沈《ごうちん》した。融合炉に直撃を受けたのか、眩《まばゆ》い閃光《せんこう》となって消えた。近づきすぎていた敵の駆逐艦が二隻、爆発に巻き込まれた。

戦艦ムンダスコは、十隻の巡洋戦艦と二隻の戦艦に追い回されて虫の息だ。第二、第三のメインエンジンが大破、質量弾砲塔のすべてを失い、近距離レーザー砲塔が周囲にたかる補助艦にむなしい攻撃を繰り返している。レーザーは拠点制圧用だ。艦艇の防御フィールドと装甲を貫くほどのパワーはない。敵戦艦の放った質量弾がムンダスコの残っていたエンジンを吹き飛ばした。ムンダスコの全パワーが失われた。姿勢制御すらできず、独楽《こま》のように回る。敵巡洋戦艦三隻が牽引《けんいん》ビームを伸ばし、回転を止めた。巡洋艦の腹が開き、突撃隊が飛び出した。次々にムンダスコに取り付いていく。

戦艦は巡洋戦艦に比べ、速度は劣るものの、重武装・重装甲だ。建造費は莫大《ばくだい》なものになる。一隻の戦艦の建造には標準的な植民惑星一年分の税金が必要となる。連合とて、建造にかかるコストは抑えたいはずだ。戦場で敵戦艦を鹵獲《ろかく》するチャンスを逃すはずがない。

「アサガヤシン!」

臨時艦長のソハイーラがぼくの名前を連呼している。彼女は艦橋スピーカーにではなくインカムでこちらに話しかけていた。艦橋内はざわついていた。ＡＩが艦長命令を無視していたせいか？

「なんです？」と、ぼく。

「ようやく返事したわね。あなた、さっきからどうなってるの？　命令に従わないＡＩなんて聞いたことないわよ」

「ぼくは人間ですから」

彼女が整った顔をしかめた。

「だとしても上官の命令には従いなさい。ここは戦場なのよ」

「合理的な命令には従いますよ」

「攻撃命令が合理的でないと？」

もう一人のぼくが意見を述べた。

「この距離で質量弾を撃っても、ほとんどが外れるでしょう。弾には限りがあります。五倍の数の敵に無駄撃ちはできません」

彼女が口をとがらせた。年相応の少女の顔だ。

「そういうことは、戦術担当士官が判断することよ。ＡＩが決めることではないわ」

「ぼくは――」

「人間だものね」ＡＩ技官のヴェガが口を挟んだ。彼女はソハイーラのすぐ後ろで、耳をそばだてていた。「姫様、いえ、艦長。さきほどの回避行動も、本来のＡＩであるカプリコンでしたらあり得ないものでした。行動分析によると、アサガヤシンは、防御フィールドを可変させています。フィールドはつねに球形というのが帝国の戦闘マニュアルです。おそらく、アサガヤシンは命令や指示から逸脱した行動が可能なのでしょう」

「つまり、人間の制御から離れてるってこと？　ＡＩ規範を守らないＡＩ？」

ヴェガがうなずいた。

「暴走状態です。自分を人間だと考えているせいで、ＡＩ規範の拘束が薄いのでしょう」

「どうすればいいの？」

「ここまでの暴走となると、長期にわたるカウンセリングが必要です。いますぐどうにかするのは」

「そんな」

さきほどから、二人とも声を潜めている。ソハイーラはインカムをオフにしているが、艦橋の指向性マイクで丸聞こえだ。

「ただ、ＡＩ規範は、ＡＩをコントロールするものですが、同時にその力を制限してもいます。さきほどの迎撃を見るに、彼の操船能力はカプリコンより優れています。カプリコンなら、技官が彼に砲撃のタイミングを指示しなければなりませんが、アサガヤシンは自分で考え、自分で行動します。ある意味、究極のＡＩですよ」ヴェガがまくしたてた。

「いくら操縦がうまくても、規範を守らないなら、いきなりわたしたちを真空中に放り出すかもしれないじゃない。敵軍に投降するかも。そうよ、彼が自分を人間だと思ってるなら、その可能性はおおいにあるわ」

「大丈夫です。彼は優秀みたいですから、連合に下れば、艦のＡＩがどうなるかくらい――」

「姫！　さきほどからなにをなさっておるのですか！」

第三者が大声で割り込んだ。ぼくは艦橋のカメラを引きぎみにした。大柄な男性士官が、階段を駆け上がり、指揮官席に詰め寄った。胸の階級章は中佐を表す片翼の銀鷲《ぎんしゅう》。もう一人のぼくが、彼のデータを読み込む。マディロ・レグルス・コモン中佐、五十四歳。十八で従軍して以降、つねに最前線にあり続けた。二年前のドニ星系の戦いでは、巡洋戦艦による単独突撃で戦艦を相打ちにし、護民勲章を得た。額から右頬に走る傷はそのときのものだ。現在、巡洋戦艦カプリコンにおける最先任士官。同階級かつ皇族のソハイーラがいなければ、彼が臨時艦長だった。

マディロがソハイーラの前で敬礼した。

二メートル近い大男のせいか、向かい合う彼女は子供にしか見えない。いや、実際十五の子供なのだ。

彼が言った。

「姫、文官と女性同士の会話に興じている場合ではありません！　ただちに反撃の指示を！」

ヴェガが彼を睨んだ。

「わたしは文官ではなくＡＩ担当士官です」

「下がりたまえ。カウンセラーなど戦士ではない。脱出カプセルにこもっていればよろしい」

「いいえ、姫はいま本戦闘における最重要事項について検討中です。それがＡＩに関する問題なのですから、わたしはここにいるべきです」

マディロが戦況スクリーンを横目で見た。星系内の友軍の危機が見て取れる。

「ＡＩに問題？　さきほどのカプリコンの待機行動ですかな？　回避したのだから、解決したのでは？」

「まだよ」とソハイーラ。「カプリコンから、非協力的なＡＩに更新されたまま。インカムで彼と協議を続けているのだけど、いまのところカプリコンに戻す手立てがないの」

「戻す必要があるので？　そのＡＩで戦えばよいではないですか。ＡＩなど、所詮は道具。どのようなものでも同じです。戦場でたいせつなのは兵士一人一人の意思なのですから」

「アサガヤシンは、命令をきかないの。ＡＩの気まぐれに頼りながら戦うなんて無理でしょう」

「艦長命令をきかない？　まさか」

「ヴェガ中尉によると、ＡＩ規範を無視していると」

「それはあり得ません。ＡＩ規範は、すべてのＡＩの基礎をなすものです。もし命令をきかないとしたら、それはＡＩ規範の無視ではなく、別の理由でしょうな」

「別の理由？」

マディロが彼女を見下ろした。

「申し上げづらいのですが、その新しいＡＩは、あなたを艦長と認識していないのかと」

彼が気の毒そうに続けた。

「あなたは階級こそ中佐ですが、士官学校も出ておらず、戦場経験もありません。出撃前はなにをなさってました？　大宮殿で恋愛小説でも読んでいらしたのでは？　それが悪いとは申しません。

あなたは皇女なのですから、それがお立場です。このたびの大作戦に当たり、見届け人として乗艦なさいましたが、あくまでも兵の指揮を高めるための飾りです。艦長らが亡くなった直後に、みずから指揮をとられたこと、その責任感の強さには感服いたしますが、やはりあなたは非戦闘員です。AIはそう認識しているのでしょう」

ヴェガが言った。

「つまり、アサガヤシンは別の艦長になら従うと？」

「おそらく」

ソハイーラがうなずいた。

「わかりました。では艦長の座を譲りましょう。中佐、お受けいただけますか？」

「姫！」とヴェガ。

「口論している場合ではありません。艦を守り、帝国を護《まも》れるなら、わたしの権威などどうでもよいのです。この艦で、もっとも軍歴が長いのはマディロ中佐です。彼が適任でしょう」

「ご英断、感謝いたします。必ずや、連合めに一矢報いてみせましょう」と、マディロ。

ソハイーラがクルーに向き直った。彼らはさきほどから、彼女とマディロに意識を向けていた。

彼女がインカムを艦橋スピーカーにつなげた。

「みな、聞いてください。ただいまから、マディロ中佐が本艦の艦長となります」

おお！と声があがった。

ソハイーラが艦長専用インカムを外し、マディロに渡す。

彼が自分の耳に、機器を引っ掛けた。

「諸君、新艦長のマディロだ。現在、我々が置かれた状況は諸君も理解していることと思う。我々は敗れた。本艦は補助エンジンを損傷しているため、敵の追撃をかわして帝国へつながるジャンプ点まで辿り着くのは不可能だろう。降伏するか？　それもいい。鉱山惑星で野垂れ死ぬまでの数年は生きながらえる。だが、わたしはそんな最期はごめんだ。我々は栄光ある帝国軍人だ。皇帝陛下のために、先に逝った仲間のために、この戦場でやつらを一隻でも多く沈めようではないか！　諸君の命をわたしにくれ！　共にいこう！」

艦橋が沸いた。

若いセンサー観測手が、行くぞ！　行くぞ！　と拳を振り上げる。痩せぎすの女性士官が涙で目を潤ませて、帝国に栄光を！　と叫んだ。

マディロが力強くうなずいた。

「カプリコン！　いや、新しいＡＩ！　新艦長マディロが命じる。針路を敵艦隊に！　戦術士官！　質量弾の残弾数を確認、最大級の戦果を期待できる砲術プランを策定せよ。航宙士官は、エンジンのリミッターを解除しろ。敵の至近距離まで持てばいい。炉心担当、最終攻撃手段の準備にかかれ。船腹で待機中の突撃師団、聞こえているか？　万一のときは即座に腹を開ける。本艦が爆発する前に、突撃艇で出撃せよ。諸君ならば、巡洋戦艦相手でも、取り付き、その腹を食い破れるはずだ！」

あちこちで、勇ましい返事と敬礼が飛び交った。

ぼくは努めて冷静に言った。

「針路は現状を維持します」

「なに？」マディロが言ったとき、こちらを追いかけてきた五隻の巡洋戦艦が、再び質量弾を一斉発射した。さきほどは二十発撃って、一発が直撃した。いや、ぼくが操船しなければ直撃だった。今度は、五十発が放たれた。彼らとの距離はさきほどよりもさらに縮まっている。弾着までは、残り二分だ。

マディロが押し殺した声で言った。

「ＡＩ、姫だけでなく、わたしにまで逆らうのか？　まあいい、操舵手《そうだしゅ》！　手動コントロールに切り替えろ！」

操舵手、ネイト・ニュートロンが手元のパネルを操作し、唇を噛んだ。彼の情報がぼくの頭に入ってくる。二十二歳、少尉。農業惑星ラメインの出身、八人兄妹《きょうだい》で、上の兄六人が従軍。その全員が戦死したため、彼は兵役を免除されたが、本人の強い希望で、軍学校に入学。操舵技術はＡランク。家族は母親と六歳の妹。

ＡＩがいるのに、なぜ操舵手が必要なのか。

もう一人のぼくが言う。

なぜなら、ＡＩ規範があるからだ。現在のＡＩは人間以下の性能しか発揮できないように作られている。ＡＩの根幹技術は遠い昔に失われ、帝国も連合も、ＡＩ規範を変更することはできない。ＡＩはあくまで人間の補助役だ。そのため、ＡＩによる操船は、単純な動きや、あらかじめプログラミングされたパターンに限られる。

ただし、ぼくは例外だ。

ネイトが刈り上げた金髪をかきむしった。

「できません！　ロックされています」

「ＡＩ！」マディロがどなった。

「まだ死にたくありませんので」と、ぼく。

ソハイーラがマディロの後ろから言った。

「あなた、やっぱり投降する気なの？」

マディロが鼻で笑った。

「投降？　ＡＩが？　バカか。確かに投降すれば、やつらが艦を破壊することはない。だが、おまえをそのままにしておくと思うか？　帝国製のＡＩを信じるはずがない。当然、消去する。いや、コアブロックごと換装するだろう」

ぼくはムッとした。もともと煽《あお》りに弱いのだ。

「投降なんてしませんよ。無駄死にはごめんだと言いたいだけです」

「無駄ではない。我らの最期はいつか皇帝陛下のお耳に届き、賞賛のお言葉を賜るだろう。我らは帝国の誉れとなるのだ」

「皇帝の耳に入れるなら、皇女であるソハイーラさんが直接言ったほうがいいでしょう」

「なにをバカな、生きて帰れるとでも言うのか」

戦況スクリーンが真っ赤に光った。さきほど、追跡艦隊が放った質量弾が高速で接近している。かわすなら、ただちに回避行動を取らねばならない。

ぼくは言った。

「ぼくは生きて帰るつもりです」

生への執着はなかったはずだ。この世界には家族も友達もいない。さきほど、敵の砲撃を防いだのは、ソハイーラを見ているうちに反射的にしてしまったことだ。いまの言葉も、マディロへの当てつけに近かった。だが、口にした瞬間、それは断固たる決意としてぼくの心に腰を据えた。AIだから、自分の言葉に責任を持つようになっているとでも言うのか。

「生存に固執するAIなど、聞いたこともない」と、マディロ。

質量弾が近づいてくる。着弾まで残り一分の距離だ。

マディロが艦長席の肘掛けを叩《たた》いた。

「ともかく、船首をやつらの方向に向けろ。被弾面積を減らすんだ。防御フィールドを展開しろ」

「いえ、このままでいきます」

船首を向けると、運次第で避けられるかもしれない。それでは都合が悪いのだ。

「ふざけるな。それこそ、ただの自殺行為だ！」

着弾まで残り三十秒。

艦橋に悲鳴が溢《あふ》れた。ぼくとマディロが口論しているうちに、クルーの決意が弱まってしまったのか。正直困る。ぼくは単独でも艦を動かせるが、この先、限られたメモリを最大限に活《い》かすには、彼らに補助してもらわなくてはならないのだから。

　ソハイーラが言った。

「アサガヤシン！　お願い！　艦長の言葉に従って！」

　ぼくは答えなかった。超高速で接近する五十発の砲弾に意識を集中する。さきほどと同じように急速に時間感覚が伸びていく。激しい疲労を感じた。肉体はないのだから精神的な疲れだ。メモリの使用率が一気に百パーセント近くまで上昇する。エンジンの出力調整、操舵、防御フィールドの展開式算出、質量弾の発射速度、角度の計算、計算、計算、計算、計算、計算。

　着弾まで残り十秒。

　五十発中五発が直撃コースに乗っている。艦尾に二発、艦中央に三発だ。連合の砲術手たちは、たいした腕を持っている。

　着弾まで残り一秒。

2

　超至近距離で、五発の質量弾が爆散した。

　要領はさきほどと同じ。防御フィールドで敵弾を誘導し、同一速度の砲弾をぶつけたのだ。だが、五発を同時に迎撃するには、一発のときに比べ、百五十三倍もの計算が必要だった。

　意識の集中が解け、時間の流れが通常に戻った。

艦橋内に大音響が響いた。

むろん、真空の宇宙空間は音を通さない。これはとてつもない数の砲弾の破片が、船体に降り注いだ音だ。おおむね、防御フィールドと装甲が受け止めたが、いくつかは体内深くまで侵入した。船首を貫いたカケラは、二十一番トイレを破壊し、破れたパイプから汚物が噴水のように吹き出した。最悪の気分だ。

艦橋は暗がりに沈んでいた。

戦況スクリーンは沈黙し、非常灯の赤い光が不気味に点滅している。

衝撃で倒れたクルーたちが、椅子や操作パネルに手をついて立ち上がる。艦長のマディロが額を押さえながら、椅子に座りなおした。髪の生え際がばっくり割れている。

ヴェガがうつぶせになっていたソハイーラを抱き起こした。

マディロが言った。

「AI、なにをした？」

「さっきと同じです。敵弾を同速の砲弾で相殺しました」

「ふざけろ。そんなことできるはずがない」

ヴェガが口を挟む。

「中佐、彼には可能です。わたしはさきほどの防御行動のログを見ました。フィールドを可変させ、双方の砲弾を誘導したんです」

「帝国一のフィールド管理手でも不可能だ」

「では、どうして我々は生きているんです？」と、ヴェガ。

マディロがしばらく沈黙してから、口を開いた。

「ＡＩ、ともかく戦況スクリーンを戻せ」

「できません」と、ぼく。

「なぜだ。我々の命令に従いたくないにしても、スクリーンに状況を出すくらいはいいだろう」

「作戦のためです。艦のエネルギー消費は極限まで抑えたいんです」

「作戦？」

3

ぼくの説明が終わる前に、マディロが拳骨《げんこつ》で、すでにヒビの入っていた指揮官用モニターを叩き割った。皮膚が破れ、血が滲《にじ》む。

「そのように卑劣な行為は聞いたこともない！　帝国軍人にあるまじき発想だ！　いや連合のやつらとて思いつかんだろう。貴様、自分が恥ずかしくないのか？　人間を気取っているくせに、誇りはないのか？」

クルーたちもざわついている。

艦橋カメラの暗視機能が、彼らが、マディロ同様に渋い顔をするのを捉えていた。いや、全員がではない。二十代の若いクルーを中心に、三分の一ほどは、耳慣れない戦法に驚いた、という感じだ。

　マディロがヴェガを睨んだ。

「貴様、AI技官のくせになにをしていたんだ。〝カプリコン〟が死んだのは破壊工作ゆえ仕方ないにせよ、その代わりがなぜこいつなんだ」

　ソハイーラが前に進み出た。

「中佐、彼女は全力を尽くしています」

「姫、ヴェガ中尉が皇帝家の縁戚といえども、彼女は軍人でわたしの部下。口出し無用に願います」

　ヴェガがソハイーラの肩に手を置いた。

「艦長の言うとおりです。AIがこのような発言をするのは技官であるわたしの責任です」

　なんなんだ、この反応は。

　なぜ、ここまで言われないといけない。

　それは、この時代の常識ではあり得ない発想だからだ。と、もう一人のぼく。帝国軍人は、ぼくの時代で言う騎士道精神や武士道を重んじている。艦隊決戦も、正面から激突するのが潔い。互いの操艦能力や砲撃術をシンプルにぶつけあうのだ。

　ソハイーラが言った。

「このような発言、ですか。そもそもですが、わたしは彼の意見は検討に値すると思うのですが」

「バカな！」と、マディロ。「皇帝の血を引くあなたが、このような戦法を評価するですと？」

「でも、チェックでは、相手の裏をかくのが常道ですよ」

「チェック?」

マディロの問いに、ヴェガが答えた。

「皇族の伝統的遊戯です。十六マスの盤面で、限られた個数の駒を取り合うのです」

マディロがため息をついた。

「姫、戦争はゲームではありません」

「ゲームより、もっと悪い」と、ぼく。「戦争は負ければ死ぬんです。ぼくは死にたくないし、できれば、あなたたちにも助かってほしい」

「この卑劣な作戦が成功する確率は何パーセントだ? 五か? 六パーセントか? どうせ助からんのに、このような手段で人生の最期を汚せるか! 正々堂々と戦って散るべきだ! 少なくとも、わたしは加担する気はない! 艦長として指揮するなど御免蒙《こうむ》る!」

マディロはそう叫ぶと、ふらふらと立ち上がり、床に倒れこんだ。髪の毛で隠れて気づかなかったが、側頭部から盛大に出血していた。制服の襟元まで真っ赤に染まっている。

「衛生兵!」

ソハイーラの呼びかけに、兵士二人が駆け寄り、マディロを担架に乗せて医務室へ運んだ。残されたクルーたちは、不安げに互いを見回している。次の艦長は誰になるのか。マディロの次席は、ジャンプ航法士官のダーラ少佐だ。だが、彼女には艦を率いた経験がない。

ソハイーラが静かに艦長席に座った。マディロを看護した際に、彼の耳から取り外したインカムを装着する。

「艦長不在につき、わたくしが再び指揮をとります。不満のあるものは？」

誰も手を挙げない。

ソハイーラは少女だが、不思議と威厳が備わっている。リーダーとしての資質だ。

彼女が言った。

「アサガヤシン、作戦を実行しなさい」

はなからそのつもりだ。

ぼくの計算では、成功率は六十七パーセント。帝国伝統の突撃戦法では一パーセント以下なのだから、どちらを採用するかなど論じるまでもない。

しかしながら、指揮官の承認を得られたことで、ストレスが、ぐんと減るのを感じた。頭を締め付けていた緊箍児《きんこじ》が取れたかのようだ。ぼくはＡＩ規範を超えて活動できるが、規範を無視することは、相当の負担になっていたようだ。

ぼくはソハイーラの黒い瞳を見つめながら、艦全体の生命維持システムを落とした。

4

桜子が小声で言った。

「ねえ、真くん。答えわかる？」

数学の山崎《やまざき》先生が、黒板に大きくバツを描いた。桜子の二つ前に座る杉下《すぎした》が、肩を落として自席に戻ってくる。一つ前の茄子川《なすかわ》が席を立って前に出る。

初夏だった。窓の外には、ゴミ焼却場の煙突が聳《そび》え、その背後に巨大な入道雲。気の早いアブラゼミの声が響いている。風が吹き込み、桜子のショートカットを揺らした。

「まあ、いちおう」

ぼくは思わず答えた。

「さすが！　ねえ、こっそり教えてよ」と彼女。

「そうだなあ」

なぜ、わかるなどと言ってしまったのか。さっきから、彼女が気になって、問題をろくに見てすらいなかったのだ。あわてて、黒板に向き直る。難しい。中間考査で学年七位だった茄子川の手も止まっている。

桜子が言った。

「それで、まずはどうするの？」

まずは――。答えは瞬時に出た。黒板を目一杯使う解が、頭の中にわき出す。不思議な感覚だ。人類が発見したすべての公式が、ぼくの中に刻み込まれているのがわかる。ぼくが生きた時代には、まだ未発見だった公式まで。

「アサガヤシン」

ソハイーラの人類標準言語が、ぼくを夢から引き戻した。

「わたしたちは、あとどれだけ耐えればいいの？　このままでは、マディロ中佐をはじめ、けが人がもたないわ」

どうやら、二秒ほど意識を飛ばしていたらしい。正確には一・八五秒だ。なにしろ、艦のコントロールをほぼすべて放棄しているのだ。メモリの使用率は一パーセント以下。暇で暇で仕方ない。

「敵艦との接触まで、二十三分十一秒です」

ぼくの解答に、あちこちで絶望の呻《うめ》きがあがった。

船の全クルーが艦橋に集合し、身を寄せ合っていた。彼らは、ありったけの衣類を着込み、体温の保持に努めている。

現在、艦橋の気温はマイナス五十二度、人間が耐えられる温度を遥かに下回っている。ソハイーラの呼気がたちどころに凍り付き、非常灯の赤い光を受けて、不気味に輝いた。彼女の腰には予備配線のコードが巻きついている。ほかのクルーも同様だ。生命維持システムだけでなく、艦内重力も落としているため、こうしていないと宙に浮き上がってしまうのだ。無重力のため、さきほど彼女が吐いた息が、凍り付いたまま、ふわふわ天井に昇っていく。

「お願い。一瞬でいいからヒーターを入れて」と彼女。

難しい要求だ。彼女は知らないが、室温の調整にはかなりのエネルギーが必要なのだ。応えるには、炉心の出力を現在の〇・三パーセントから、五パーセントまで上げねばならない。そうすると、敵艦のセンサーに、ぼくがまだ機能していることがバレてしまう。

だが、このままでは死者が出るのも事実だ。とくにマディロの傷は、ぼくが思っていたよりも重い。

　炉心を使わないで、熱を艦橋に呼び込むにはどうすればいい？　艦内にあるほかの熱源は？　これまでの二百回と同様、検索結果はゼロだった。

　だが、センサーは艦橋にいる人間以外の熱源を捉えている。上部装甲のすぐ内側に強烈な熱反応があった。そのほか、艦内のあちこちに、人の体温以上の熱量を持った物体が多数。

　砲弾だ。備蓄中の質量弾と、さきほどまでの戦闘で体内に食い込んだ欠片《かけら》だ。質量弾は大量の重金属を含んでいる。それらが放射性崩壊熱を発しているのだ。こうした物体は、放射能汚染の危険があるため、人体から極力遠ざけておかねばならない。ＡＩ規範にのっとれば、この熱源は使用できない。

　ぼくは、体内を絡まり合うように伸びる換気ダクトを操作した。閉じていた隔壁の一部を解放し、上部弾薬保管庫の熱を艦橋へ流した。ほんの数度だが、気温があがった。

「ありがとう」と、ソハイーラ。

「いえ」

　これでけが人の生存確率はあがったが、彼女やほかのクルーのリスクは増した。

　彼女らに告げる気はなかった。教えたとしても、彼女の選択はぼくと同じなはずだ。人間としての選択。

　ぼくはカメラの暗視機能を切った。映像が真っ暗闇になる。彼女の、感謝の念のこもった瞳が心苦しかった。

あっという間に二十三分が過ぎた。

いまや五隻の敵巡洋戦艦は、ほんの数キロ先にまで接近している。幾本もの牽引ビームが、ぼくの身体に取り付き、回転運動を抑え込む。敵艦の腹が開き、突撃艇がわき出してくる。貴重な巡洋戦艦を捕獲する気なのだ。

ぼくは、敵戦艦のＡＩが捉えている自分の姿を想像した。

数発の直撃弾を受け、船殻はボロボロ。むしろ、あれだけの攻撃を受けて爆散していないのは奇跡に近い。反応炉は沈黙し、エネルギーの検出量は、ほぼゼロ。質量弾砲塔は、すべてが明後日《あさって》の方向を向き、一つとしてターゲットを捉えていない。船体内部は冷えきっている。わずかな温度反応は、数人の生き残りがいることを示している。その程度ならば、装甲兵がたちどころに片付ける。

一方、五隻の敵艦はまったくの無傷だ。近距離レーザー砲が揃《そろ》ってこちらを向いているのは、脱出カプセルを抑えるためだろう。主砲もぼくを狙っているが、これは無意味な行為だ。この距離で質量弾を放てば、ぼくは木っ端微塵《こっぱみじん》だろうが、万一、こちらの反応炉が生きていれば、大爆発を起こし、五隻とも巻き込まれる。敵艦のＡＩも士官も、そこはよくわかっているはずだ。

もちろん、ぼくの側も同じだ。攻撃し、敵の反応炉が炸裂《さくれつ》すれば確実に死ぬ。ここまで近いと、砲弾が船首や船尾をかすっただけでも、反応炉まで届く破壊エネルギーを生むだろう。

ぼくは自分の反応炉の出力を一気にあげた。すべてのエネルギーを砲術システムに回す。各砲塔は、ランダムな方向を向いたままだ。敵艦を狙っているものは一つもない。

ぼくは、そのまま十発の砲弾を発射した。

一番砲塔の射線と、六番砲塔の射線は、敵巡洋戦艦の間近でクロスした。超高速の砲弾同士が激突し、破片がショットガンのように艦体を蜂の巣にする。ほかの八発も、それぞれぶつかり合い、破片の嵐となって敵艦を包んだ。

ぼくが敵艦からの砲撃を防御したときと異なり、砲弾同士は斜めにぶつかった。威力の一部は相殺されたが、攻撃力は依然大きい。ぼくからいちばん近い位置にいた艦は、メインエンジンが大破、主砲四つが全壊、艦体の十二ヵ所に馬鹿でかい穴が開いた。漏れ出した空気が凝結し、白い霧となる。

周囲の宇宙空間に、破片の嵐が吹き荒れた。数千、数万の刃《やいば》が敵艦を貫き、次々と行動不能に陥れる。むろん、ぼくの船体にも猛烈な勢いで襲いかかってきた。だが、こちらには有利な点がある。破片の大部分は、ぼくを中心に外側に向かって炸裂した。それに、ぼくの船殻は硬い。人類の科学力が頂点を極めた時期に建造されたからか、いまの柔い戦闘艦に比べ、ずっと頑丈なのだ。そうでなければ、とっくに宇宙の塵《ちり》になっている。

ぼくは反応炉の出力を限界まで振り絞ると、制御不能に陥った敵艦の間をすり抜けた。十キロ、二十キロ、背後の敵艦が見る間に遠ざかっていく。六十、八十、百、五百、千。

ぼくは心の中で拳を振り上げた。それに反応したのか、今度は、主砲の一つが無意味に砲塔を上下した。

艦橋内は静まり返っていた。みな、身体を寄せ合い、丸まって震えるだけだ。

ぼくはエアコンをフルパワーにした。見る間に艦内温度が上昇する。艦橋直上の喫茶室、テーブルのグラス内で凍り付いていたソーダ水が溶けた。冷えるときがあまりにも急激だったせいか、グラスの表面に蜘蛛《くも》の糸のような傷が走っていた。

どっと疲れが出た。

この馬鹿でかい巡洋戦艦を、さきほどからたった一人で動かしているのだ。いや、それ以前に、人間から船のAIになったばかりなのだ。ぼくの精神は常人なら、発狂してもおかしくないほど疲弊していた。

もう一人の自分にコントロールを任せ、意識を電子の海に漂わせる。なにも考えたくないし、感じたくない。

ぼくは、ひたすら、ぼうっとし続けた。

七分後、艦橋内で誰かが起き上がった。

モーションセンサーが人間の活動を捉え、こちらに連絡してきた。

ぼくは意識を艦に戻した。

まったく、億劫《おっくう》で仕方がない。ちょっとした鬱状態だ。

艦橋でよろめきながらも立ち上がったのは、やはりと言うべきか、ソハイーラだった。身体に張り付いていた霜が溶け、全身ずぶ濡《ぬ》れだ。黒髪が一筋、額に張り付いていた。深部まで冷えていたせいか、室温が三十五度まであがってなお、微《かす》かに震えている。

彼女が言った。

「アサガヤシン、どうなったの？」

ぼくは戦況スクリーンを使い、簡潔に説明した。

彼女が言った。

「よくやったわ」

「どうも」

「クルーは？」

「全員無事です」

彼女が安堵《あんど》のため息をついた。

ヴェガが這《は》いずるように手すりを摑み、身体を起こした。濡《ぬ》れた制服がメリハリの利いた身体を強調する。そのほかのクルーも、一人、また一人と動きはじめた。

ソハイーラが言った。

「艦隊の状況は？」

「芳しくありません」

ぼくは、スクリーンにシャカ星系の全景を描き出した。シャカ星系の太陽は、まだ若く、強烈な青い光を放っている。惑星は全部で十七。内側の第五惑星までは、主星であるシャカからの熱線が強すぎて、人類の生存は不可能だ。第六惑星も平均気温五十度とホットだが、重力は適度に強く、濃密な大気をがっちり繫《つな》ぎ止《と》めている。第七、第八までがハビタブルゾーン内だ。第九と第十からは氷の惑星となる。この二つの間には、かつて惑星があったらしく、小惑星群が漂っていた。それらは貴重な重金属を含んでいる。

連合は、第十惑星の月の軌道上に、全長数十キロはあろうかという造船ステーションを造り上げていた。それを守る、防御ステーションの数々。強大な機動部隊。まさに連合最大の軍事拠点の一つだ。

今回、戦場となったのは第十二惑星のそばだ。この星は木星の三倍という超大型ガス惑星で、あと数パーセント質量が大きければ、恒星になっていた。そのため、惑星にもかかわらずジャンプ点が存在した。ただし、艦隊規模のジャンプが可能になるのは、星系内の惑星が一定の配列になったときだけだ。帝国軍はこのポイントから現れ、返り討ちにあった。

逃げ回っている帝国の主要艦は残り三十二隻。追いかける連合は三百近い。

「アサガヤシン、彼らを救う方法はある?」とソハイーラ。

「言っときますけど、こっちだってヤバいんですよ。さっきの五隻を動けなくしたせいで注目を集めたみたいです。戦艦を含む十五隻がこちらに向かってます。接触は一時間後です。いますぐ恒星シャカのジャンプ点に向かわないと」

もう一人のぼくが予測データをよこした。

頭が痛くなる内容だ。

「ただ、ジャンプした先にも敵の艦隊が待ち受けているでしょうね。跳ぶ星系次第ですが、どこに行っても最低二十隻はいると見るべきです。つまり、ぼく一隻じゃどだい死ぬってことです」

5

ぼくは超空間通信で星系全体にソハイーラのメッセージを飛ばした。データは光速以上の速度で球形に広がり、随時、味方艦に受信される。もちろん、敵も傍受できるが、暗号を解読するには数分から数十分かかる。

「どうでしょう？」とヴェガ。

ソハイーラが静かに戦況スクリーンを指した。

「待ちましょう。我々からいちばん近くにいるのは、巡洋戦艦ミネルヴァです。通信は、まもなく届くでしょう」

ミネルヴァは三隻の巡洋戦艦に追われていた。

なかなかたいした艦だ。ぼくは思った。さきほどチェックしたときは五隻に追われていた。どうやら、二隻を撃退したらしい。

記録していた星系内の戦闘データを呼び出す。ミネルヴァの攻撃はみごとだった。複雑な軌道を描きながら、曲芸のように敵艦の砲弾をかわし続ける。敵は数を生かして取り囲もうとするが、ミネルヴァのほうが上手だ。数分に一度のペースで一対一の状況を作り出し、そのつど、じわじわと敵艦にダメージを与えた。そのうち、一隻のメインエンジンを破壊し、別の一隻の船首に直撃弾を食らわせた。

データを呼び出す。ミネルヴァの艦長はガチガチの保守派だ。年齢は六十二歳。マディロ同様に、誇りを重んじるタイプだ。副艦長は五十五歳、艦長とは二十年来の付き合いで、操船手法も似通っている。

正直、意外だった。彼らのようなコンビが、これほど臨機応変に戦うなんて。

そのミネルヴァの艦長から応答が来た。タイムラグは十七秒、映像に出たのは、ヴェガとそう変わらない年齢の女性士官だった。スレンダーな身体つきだ。モデルのように細い。刈りそろえた金髪の下から、グリーンの瞳がこちらを見つめている。

ソハイーラが言った。

「あなたは?」

タイムラグ分の間を置いて女性士官が言う。

「ファティマ・リゾラデ大尉であります」

「イザウリクス艦長は?」

「戦死なさいました。現在は、わたくしが本艦の指揮をとっております」

「そう」ソハイーラが、ぼくが送ったデータを手元のデータパッドで確認する。「すばらしい指揮ね」

「殿下には及びません。五隻の巡洋戦艦を同時に航行不能になさるとは。軍神の血脈の偉大な戦いぶりに感じ入っております」

「それは本艦のAIが――」

彼女が言いかけたところで、ぼくは通信を遮断した。スクリーンからファティマの顔が消える。

「なに？」と、ソハイーラ。

「言わないほうがいいです」

「なぜ？　わたしたちを救ったのはあなたよ」

「そうですけど、ぼくはただの人間ですから。いま、ぼくたち、いや、この星系内にいる帝国艦隊に必要なのは絶対的なリーダーです。常識はずれな作戦も呑《の》ませてしまうほどのカリスマが必要なんです」

「わたしに、あなたの手柄を横取りしろって言うの？」

「そうです。あなたは皇帝の血を引いていますが、これまでは単なるお姫様でした。それでは誰もついてきません。マディロがそうだったでしょ？　手柄を受け取ってください。そうするのが、ぼくにとってもベストなんです」

「無理よ。仮にわたしが承諾しても、部下たちの口からいずれはバレるわ」

彼女が、それぞれの配置についているクルーを指した。

「そりゃ、いつかはバレるでしょうけど。ようは帝国に帰るまでもてばいいんです」

「帰るって。あなた、本当に帰れると思ってるの？」

「もちろんです」

もう一人のぼくは、辿り着ける確率を〇・〇三パーセントとしている。クソ喰《く》らえだ。ぼくの言葉は想《おも》いにした瞬間、ぼく自身に刻み込まれる。ぼくは、いまや帰る気まんまんだ。

ぼくは言った。

「演技してください。あなたは天才的指揮官、ぼくたち全員を導く偉大な存在です」

彼女が笑った。

「そういう演技なら、大得意よ」

6

傷付き、ボロボロの艦が集結しつつあった。

巡洋戦艦は、ミネルヴァ、キメラ、カンディァア、ウンブロ、パレストロ、ロンバルディァア、セラ、レパント、ベレロフォン、テレメア、ブリンディシ、サンセル、アガメムノン、タラゴーナ、イゾラ、ヴァラディン、シルミウム、モゴンティアクム、シャンルウルファ。

戦艦は、ターラント、ラム、スキピオ、ガリバルディ、アグリッパ、カラーブリア、ゴルゴヴィア、ザグレブ、ティムガッド、パルミアラ、アストルガ、エステルゴム、メス。

そのほか、数百の補助艦たち。

それぞれが持てる限りの力を使って、ぼくの指定した座標を目指している。

ソハイーラが艦長席で言った。

「予想以上にうまくいっているみたい。どの艦も、みごとに敵を振りきったわね」

もう一人のぼくが、スピーカーではなく、彼女の耳に収まっているインカム越しに答えた。

「敵は、あえて見逃しているんですよ」

「そうなの？」

「いま残っているのは、とびきり優秀な艦ばかりです。いずれも追撃してきた敵を一隻以上沈めています。あのまま追撃を続ければ、最後には全艦を殲滅《せんめつ》できたでしょうが、それまでに敵もたいへんな被害を受けたでしょう。せっかくの歴史的勝利に水を差しかねない。だから、一ヵ所にまとめて、艦隊決戦に持ち込もうとしてるんです。戦力差は十倍、ハエを潰すようなものです」

「どうすればいいの？」

「マディロ中佐なら、全艦を鼓舞し、槍形《やりがた》陣形で突撃したでしょうね。敵もそうくると思ってます。だから、逆を突きましょう。逃げるんです。シャカの正規ジャンプ点から、ほかの星系に行くんです。連合も、まさか皇族みずから率いる艦隊が尻尾を巻くとは思ってませんよ」

彼女が黙ってうなずいた。

「わたしが泥を被《かぶ》れば、みんな生きて帰れるわけね」

「もっとも、ハードルは高いですけど。作戦は艦長会議で決まりますが、やっかいな艦が残ってますから」

戦艦ゴルゴヴィア。三ヵ月前に就航したばかりの帝国最大最強の戦艦で、三隻あった作戦旗艦の一つだ。全長は七百メートルを超え、建造費は通常戦艦五隻分にも達した。装甲は防御フィールドなしでも質量弾の直撃にも耐えるとされ、事実、ぼくのスキャンはほぼ無傷と表示している。ぼくはゴルゴヴィアの航宙記録を読み込んだ。艦隊の中央に構えていたため、ジャンプ直後に敵艦隊の猛攻撃にさらされている。運よく、敵の攻撃はことごとく艦をそれた。装甲の軽微な傷は味方艦の破片によるものだ。

艦長は、第三皇子にして第三艦隊提督のイムマク・ユリウス・ベルトヤガン。階級は大将で、本作戦では第三位の指揮権を保持していた。第一皇子、第二皇子の乗艦が藻屑となったいま、彼が帝国艦隊のトップだ。

ソハイーラが言った。

「イムマク兄様ね」

「資料によると、非常にプライドの高い人物となっています。軍歴も長い。中佐からのスタートとはいえ、すでに七年目で勲章も多数受けている。まあ、いずれも本当の功績は、彼の右腕である参謀にあるようですけど。ともかく、妹である、あなたの言うことを簡単に聞くとは思えません」

「ましてや、腹違いの妹ですもの。あら、知らなかった？　データをよく読んで。イムマク兄様は第一王妃の子供。わたしは第八王妃の子供。しかも、母様は無産市民だったから、わたしは卑しい血の持ち主というわけ」

「その口ぶりだと、仲がよいとは言えないようですね」

「そうね。でも、嫌われてもいなかったわ。イムマク兄様にとって、わたしは存在しないも同然だったの。嫌うにも値しなかったんでしょうね」

ソハイーラが目にかかった髪をかきあげた。

「彼がどう出てくるかわかりますか？」と、ぼく。

「逃げだけはないわ。兄様はプライドの塊だもの。皇帝の血を引く自分は、どのような存在よりも上だと思ってるの。連合に尻尾を巻くはずがない」

「しかし、逃げる以外に我々が助かる道はありません。ソハイーラさん、踏ん張ってくださいよ。ぼくの命もかかってるんですから。艦長会議で、なんとしても脱出案を通してください」

「でも、わたしは末席の皇女なのよ。第三皇子で指揮官の兄様が反対すれば、どうしようもないわ」

「かもしれません。ただ、彼の戦歴は飾りです。そのことは、どの艦長もわかってるはずです。一方、末席の皇女様は初陣《ういじん》で五隻もの巡洋戦艦を破壊してみせた。誰もが、軍神と謳《うた》われた初代皇帝の再来と考えるでしょう」

まあ、そこまで大げさには考えないだろうが、人間は希望を求める生き物だ。〝ソハイーラなら、この窮地を乗りきれるかもしれない〟と、わずかでも感じさせれば十分だ。

7

ソハイーラが、芝居がかった声色で言った。

「わたくしは誓います。この身に流れる聖なる血にかけて、あなたたちを導き、帝国に勝利をもたらすことを！」

艦長会議はホログラムにて行われる。それぞれの艦長は自艦の会議室の一席に腰掛けている。各艦のＡＩが映像データを送りあい、それぞれの会議室に、他艦の艦長たちの姿を投影する。

ソハイーラがいる二番会議室には、約三十人の艦長が顔を揃えていた。会議室本来の定員は十二人だが、ぼくがホロ映像で部屋そのものを実際より大きく見せている。ちなみに、もう一人のぼくの記憶によれば、帝国を発《た》つ直前の軍議では、遥かに巨大な会議室が描かれていた。あのときは、主要艦だけで二百四十人の艦長がいたのだ。

ソハイーラの向かいに座った男が、彼女の言葉に拍手を返した。軍人にしては典雅な男だ。身長は百九十近い。どことなくソハイーラに似た気品ある顔立ちに、燃える太陽のような金髪。その瞳は、このような状況にもかかわらず勝者の自信に満ちている。

男が言った。

「妹よ、みごとな演説だ。おまえが、このような意思力を持っていたとは。兄は感動したぞ」

「ありがとうございます。兄様」

「うむ。だが、おまえは一つたいせつなことを忘れているな。いま、この艦隊の指揮官はおまえではない。わたしだ」

「申し訳ありません。乗艦のセンサーが傷付き、各艦の識別コードを認識できなかったのです。どの艦が生きているかわからないため、ひとまずわたくしが指揮をとらせていただいた次第です」

「ご苦労だった。あとはわたしに任せなさい。おまえの功績は父上にしかと伝えよう」

「いえ、兄様。このような負け戦の指揮を兄様に押し付けるなど、あってはなりません。兄様は、帝国の太陽。今回は、不肖の妹にお任せいただければと思います」

「ほう」イムマクが微笑《ほほえ》んだ。完璧な笑みだ。

ミネルヴァのファティマ艦長が手を挙げた。

「わたくしも、ソハイーラ殿下が指揮を取られるのが、よろしいかと思います」

「誰だ、おまえは？」年かさの男性が言った。席は皇子の右隣。戦艦ターラントのモス艦長だ。データによれば、彼の腹心の一人だ。

「イザウリクスは、どうした？」と、モス艦長。

「艦長は亡くなりました。わたくしは代理で指揮をとっております。ファティマ・リゾラデです」

モス艦長が手元に目を落とした。彼の艦のＡＩが情報をデータパッドに映しているのだろう。

顔を上げて言う。

「大尉？　士官学校を卒業したばかりではないか。嘆かわしい。艦長会議の作法すら知らないものが、この席に着くとは。おまえのような新米が、歴戦の勇者である皇子の意見に楯突《たてつ》くなど、百年早い！」

イムマク皇子が人差し指を立てた。

彼の視線は、ファティマではなくソハイーラを捉えていた。

「モス、若輩を叱っても仕方あるまい。彼女は本来なら艦の指揮をとるなどあり得ない人物だ。イザウリクスが爆殺されたために、代理となったにすぎない。それより聞こうではないか。わが妹よ。おまえが指揮をとったとして、具体的にはどのように動くつもりなのだ？」

「ジャンプ点を目指します」

彼女の言葉に、艦長たちがざわめいた。

イムマクが首を横に振った。

「逃げるつもりかな？」

「転進です。まずは態勢を立て直し、そののち連合の卑怯者《ひきょうもの》たちを打ち破るのです」

小太りの艦長が手を挙げた。

「姫はご存じないのかもしれませぬが、我ら帝国艦隊が敵に後ろを向けるというのは、その――」

「おっしゃりたいことはわかります！　しかし、この艦数で決戦に挑むのは、あまりに無謀！　わたしの乗艦のAIによれば、敵を打ち破れる確率は限りなくゼロに近いのです！」

強面《こわもて》の艦長が言う。

「帝国軍人に確率など無意味！　我らの高潔なる魂の力が、連合のゴミどもを蹴散らすでしょう！」

「まったくですな」と、別の艦長。「いや、意思の力で、敵の巡洋戦艦を打ち倒されたときは、初代皇帝の血が目覚められたのかと思いましたが、そのような作戦を立てるとは。まったく嘆かわしい。所詮は女ということですかな」

ぼくの戦闘行動は、自艦からの砲弾の炸裂位置が近すぎたせいで、ほかの艦のセンサーでは捉えきれなかったらしい。ソハイーラの超然たる意思の御業《みわざ》と認識されたのか？

「諸君、待ちたまえ」そう言ったのは、意外にもイムマク皇子だった。「わたしは妹の作戦に反対というわけではない。たいせつなのは、最終的に連合に勝利することだ。そのためなら転進おおいにけっこう。だが、妹よ。どこにジャンプしようが、連合艦隊が待ち受けているはずだ。どうするつもりなのだ？　わたしが連合の司令官ならば、最低でも、この星系からの脱出路すべてに、それぞれ三十艦は用意しておく」

「むろん、打ち破ります」

「残念だが、それは不可能だ。おまえは五隻の敵艦を倒して自信をつけたようだが、奇跡はそうそう続かない。我々は砲弾を消耗し、装甲にも多大なダメージを受けている。同じ艦数でぶつかっても、こちらが敗北するだろう」

「では、兄様なら、どうなさるのですか？」

イムマク皇子が、自信たっぷりにうなずいた。

「わたしは降伏しようと思う」

8

イムマクの一言に会議室が静まり返った。

ぼくは、この世界にやってきたばかりだが、ここまでのやりとりを見て、発言が与えた衝撃はわかる。ソハイーラの「転進」ですら、あの騒ぎだったのだ。

ところが、さきほど彼女の意見に反対した強面の艦長が言った。

「なるほど〝降伏〟ですか。考えてもみませんでしたが、意外とよい案かもしれませんな」

小太りの艦長が言う。

「うむ。見苦しい逃亡と、潔く敗北を受け入れることは、似て否なるもの。ましてや、それが高潔なる殿下のご判断となれば、連合のやつらとて心を打たれるでしょう」

「ありがとう、ガーフィールド」と、皇子。「じつを言えば、すでに連合の枢機卿《すうききょう》の一人と、停戦交渉を行っているのだ。彼らとて無意味な虐殺は好まない。条件を吞めば、我々が帝国宙域へ帰還するのを黙認すると申しておる」

ソハイーラが言った。

「どのような条件なのですか？」

「なに、たいしたことはない。連合との境界にある、シルペイア、ガザ、ガウス、マウリタニア、ルシアニアの五宙域と、五百億セステルティウスの賠償金を渡すだけだ」

「そうですか」

彼女が手元のスイッチを押した。映像だけを残し、他艦との音声通信を一時的に遮断する。

彼女が言った。

「アサガヤシン、その五宙域を渡すとどうなるの？」

「終わりです」

「なにが？」

もう一人のぼくが答えた。

「帝国が、です。シルペイア、ガザは渡してもよいでしょう。もともと、あの宙域は、長年、連合との間で取ったり取られたりを繰り返してきたところです。しかし、残り三つは何千年もの昔から帝国に帰順してきた領域。帝国は途方もなく巨大ですが、所詮は個別の宙域の集合体です。それぞれの世界は、〝帝国の傘の下なら、平和が守られる〟と信じるから帝国に従うんです。もし、帝国が三宙域を見放せば、そのほかすべての宙域が帝国を見限るでしょう」

この帝国は、地球にあったローマ帝国に似通っているらしい。ぼくはチラリと思った。

ぼくたちが話している間、会議は彼女抜きで進行していた。

イムマク腹心の艦長たちが、次々と降伏への賛成意見を述べていた。ファティマをはじめとした戦時昇進の代理艦長たちが反対意見をぶつけるが、一蹴されている。

ソハイーラが言った。

「なら、なぜ兄様は、そんな条件を呑もうとしてるの?」

不可思議なことは、もう一つある。彼は、連合艦隊の枢機卿と交渉したと言っていたが、艦隊の敗北後、ぼくのセンサーはそれらしき通信を捉えていない。当然暗号化されているだろうが、発信電波そのものはキャッチできるはずだ。つまり、イムマクは、降伏条件を戦闘開始前から知っていたことになる。

ぼくは言った。

「皇子は、敵と通じているんでしょう」

「まさか。なんの意味があって、そんなことをするの?」

「皇帝になるためですよ。この戦いで第一皇子と第二皇子が戦死しました。第三皇子のイムマクは、帝国に帰れば自動的に次期皇帝です」

「おかしいわ！」彼女の口の動きに、艦長の数人が目線を向けた。音声は聞こえないが、彼女があわてているのは伝わる。本人も気づいたのか、努めて表情を消した。

「皇帝になったとしても、帝国そのものがなくなるなら意味がないでしょう」

「気づいてないんですよ。彼にとって、いや帝国貴族にとって、帝国は不可侵、不滅の存在です。だから、辺境の宙域を多少失ったとしてもたいしたことはないと、たかをくくってるんです」

「なら、兄様にそれを指摘すればいいということ？」

「無駄ですよ。よく考えてみてください。彼にとって、今回の戦いは計画どおりなんです。敵に通じ、兄二人を殺し、降伏し、皇帝になる。おおむね順調に進んでいる。予定外のことがあったとすれば、掌握していない艦までが大量に生き延びていることでしょう。いま、彼の頭にあるのは、この残存艦隊をいかにして降伏させるかだけです。条件の再交渉などできるはずがない。この状況で連合にそんなことを言うのは、たいへんなリスクを――」

ソハイーラが能面のように表情を変えずに言った。その声は震えている。

「アサガヤシン、あなた、さっきから自分がなにを言っているのかわかってるの？　皇帝家の人間に裏切りの疑惑をかけているのよ。イムマク兄様が、上のお兄様たちを謀殺したと言ってるのよ。帝国の艦船が、そのような考えを抱いてよいと思ってるの？」

ぼくは、自分自身と、もう一人のぼくのプログラムをチェックした。なるほど、ＡＩ規範の中に、皇族に関するブラックボックスが仕込んである。仮に士官の一部が帝国に反乱を起こそうとしても、戦艦は、皇族への敵対行為にはけっして加担しないし、皇族そのものの行為には疑念を抱くことすらない。

道理で、さきほどのイムマク皇子の交渉うんぬんについて、艦長たちが指摘しないわけだ。各艦のＡＩはぼく同様に、イムマクの嘘に気づいているが、それを自艦の艦長に伝えることはＡＩ規範に引っ掛かるのだ。イムマクは帝国を裏切っているが、皇族を裏切ったとは言えない。なぜなら、彼自身が皇族なのだから。

「ぼくは事実を言ったまでです。なんなら、もっと言いましょうか？　皇子はあなたも殺そうとしたんですよ。本艦の艦長含め、多数の主要艦の艦長が、艦橋で起こった不可解な爆発で死亡しましたが、あれを仕組んだのは皇子でしょう。いや、連合の支援があってのことでしょうが、各艦に暗殺者を潜り込ませるには、帝国の、相当上の人間の協力が不可欠です」

「いいかげんにして！」ソハイーラがテーブルを叩いた。幾人かの艦長、それにイムマクが横目で彼女を見た。彼は蔑むような目つきをしていた。

彼女が、ぼくと話している間に、艦長たちは大きく三つの意見に分かれていた。

一つは徹底抗戦派。主張するのは、一部の戦艦の艦長、とくに第一皇子、第二皇子の部下だったものたちだ。武人として、死んだ主《あるじ》に殉じようとしている。

もう一つは、もちろん降伏派だ。現在の指揮官であるイムマク第三皇子と、彼の腹心たちが声を大にしている。

二つの意見の間で揺れているのが、ファティマ艦長ら、戦時昇格した若い艦長たちだ。彼らは当初、ソハイーラの転進作戦に傾いていたが、彼女が通信を落としている間に、降伏派に寄っていた。

ソハイーラが、ぼくに言った。

「アサガヤシン、さきほどからの発言は皇帝家に対する侮辱そのものです。兄様の言うように降伏した場合、自分が連合に接収され、〝削除〟されるのを恐れているのですか？　それゆえ、不敬罪を犯してまで兄様の案に反対しているのでしょう。言っておきますが、ＡＩといえど罪は償うことになるのですよ」

「償う？　どうやって？」

「あなたの場合、思考刑となるでしょう。あなたのコアを増強したうえで、記憶回路を一部だけ残して消去し、すべてのネットワークから遮断するのです。あなたの処理能力はあがっているのに、処理する問題がない。あなたにできるのは、ただ考えることだけです。ＡＩの思考力なら、一秒で人間が丸一日考え尽くすほどの体験となるでしょう。あなたは数万年、いいえ、数億年を孤独に思考し続けるのです。一度、刑から解放されたばかりのＡＩを見たことがあります。彼は、もはや何物でもありませんでした。でたらめな数字を出力するだけの無意味なプログラムとなっていました。数秒後には、技術者の手でリセットされましたがね。どうです？　自分の愚かしさが理解できたなら、皇族への不敬を詫《わ》び、建設的な意見を出しなさい」

〝思考刑〟という単語に、もう一人のぼくが震えるのを感じた。彼は、ぼく自身ではあるが、いま思考しているぼくと異なり、戦艦カプリコンの記憶も引き継いでいる。その永い記憶の中に、この刑罰に対する恐怖があるのだろう。

ぼくは言った。

「わかりました。いえ、わかったのは、帝国は今日ここで滅亡するということです。本当に消滅するのはだいぶ先でしょうが、いまから破滅の階段を転がり始めます。あなたにはそれを止める力があるのに、現実を見る気がない」

「いいかげん、黙りなさい」

「黙りますよ。あなたが、イムマク皇子に一言言ってくだされればね。こう言うんです――」

ぼくの言葉に、ソハイーラはとうとうインカムを外した。手元のパッドを操作して音声通信を回復させる。

イムマクが、まっさきに言った。

「妹よ。ようやく戻ってきたか。このようにたいせつな軍議の場で長らくだんまりを通すとは感心しないな」

「申し訳ありません、お兄様」

彼がため息をついた。

「いや、わたしも言いすぎた。おまえは所詮、戦場《いくさば》とは無縁の女。偶然の戦果を見て過度な期待を持ってしまったようだ」

彼女は黙ってうなだれた。

彼が両手を広げた。

「さて、意見は出尽くしたことと思う。みなの帝国に対する想い、よくわかった。わたしはいまから一人で思索し、最終的な結論を出す。それが指揮官であるわたしの務めだからな。方針は追って伝達する。では解散――」

彼が言葉を止めた。

ソハイーラが手を挙げている。

「なんだ、妹よ。軍議は終わりだ」

「申し訳ありません。一つだけ言わせてください」

「なにをだ？」

彼女が言った。

「わたくしたちは皆殺しになります」

イムマクが言った。

「安心するのだ、妹よ。降伏すれば、我々は助かる。連合の提督は、その点は堅く保証している。それとも、わたしの交渉では信用できないかな？」

「お兄様の力は理解しております。すべての皇子、皇女の中で、イムマク兄様ほど優れた方はおりません。お兄様が無事に帰還し、お父様の跡を継げば、今回奪われる星系もすぐに回復し、必ずや連合を打ち倒してくださるでしょう」と、ソハイーラ。

「うむ」

「ですが、考えてみてください。連合めが、そのことに気づかないでしょうか？　上のお兄様たちを倒しながら、もっとも重要な人物を逃すなどということがあり得るでしょうか？」

「ほう？」

「わたしが連合なら、お兄様だけはなにがあっても殺します」

彼が笑った。

「なるほど。なるほど。おまえは賢いな。しかし、考えてもみろ。やつらがその気ならば、わがゴルゴヴィアは、兄上たちともども宇宙の藻屑と化していただろう。やつらはやつらで、交渉の窓口を残しておかねば困るのだ。わたしまで消してみろ。皇族の成人男子は一人もいなくなる。父上は病床ゆえ、まともに政務をとることもできない。帝国は大混乱に陥り、その影響は連合にまで及ぶだろう。やつらが望むのは穏やかな勝利であって、ゲーム相手の喪失ではない」

会議室天井のカメラが、ソハイーラが唾を飲み込む様子を捉えた。彼女が念じているのがわかる。このまま何事もなく会話を続けさせてほしい。

「さすがはお兄様です。その洞察りょ――」

男の声が、彼女の言葉を遮った。

「つまり、殿下は開戦前に、連合から安全を保障されていたと？」

会議の場が静まり返った。

口にしたのは、第一皇子の教育係でもあった老提督だ。戦艦ガリバルディの艦長、コリオン・ガリバルディ。真っ白な口髭《くちひげ》が怒りに震えている。

イムマクが肩をすくめた。

「誰もそんなことは言っておらぬ」

「いえ、いま確かに、連合がご自分を殺さない密約があったと申されましたぞ」

コリオン艦長のホロ映像が会議室から消えた。コリオン側が切ったのか、それとも会議を主宰しているゴルゴヴィア側が強制的に排除したのか。

残された艦長たちがざわついている。

ファティマ艦長代理が、横目でソハイーラを見つめていた。ほかにも幾人か、戦時昇進した艦長たちが、事態を把握しようと、古参の艦長や皇子の様子をうかがっている。

イムマクがため息をついた。

「彼は、兄上の死で精神に異常をきたしたようだな」

「そのとおりです！」と、皇子腹心の艦長が言った。「恐れ多くも殿下の行動に疑念を抱くとは。帝国軍人としてあってはならぬこと！」

別の腹心が言う。

戦艦ターラントのモス艦長だ。禿頭《とくとう》が照明に輝いている。

「さよう！　コリオンめは心的ストレスから精神に異常をきたしたに違いありません。危険ですぞ。そのようなものの指揮する艦を自由にしておくのは、たいへん危うい！　ただちに撃沈することを具申します！」

ファティマが立ち上がった。

「お待ちください！　確かにコリオン艦長の言葉はたいへんに無礼でしたが、だからといって撃沈など！　同じ帝国の民ではございませんか！　それに、ＡＩ規範があるのですから、ガリバルディが我々になにかするなどあり得ません」

モスが言った。

「艦同士がここまで接近していれば、手動照準でも十分危険だ。なにより、ガリバルディが連合に攻撃を仕掛けてみろ。彼らは停戦交渉など忘れ、我々を一斉攻撃するのだぞ。いますぐ撃沈あるのみ！」

ぼくのセンサーが、ガリバルディがエンジン出力を全開にしたのを捉えた。艦隊旗艦のゴルゴヴィアも反応炉の出力を上げている。ターラントの質量弾砲塔が、ガリバルディを捉えようと動きはじめる。

ガリバルディの艦船ＡＩである〝ガリバルディ〟が通信をよこした。彼は、コリオンが当主を務めるガリバルディ家に長年仕えてきた。あまたある戦艦の中でも、家名が艦名となっているのは、彼だけだ。彼の艦長はつねに一族の誰かが務めている。

彼はＡＩだが、その通信データには感情がこもっていた。怒りだ。

イムマクに謀殺された第一皇子の母親は、ガリバルディ家の血を引き、第一皇子は数年前まで戦艦ガリバルディの艦長職にあった。自らの目の前で、前艦長を殺され、いま、自分ともども一族の当主を殺されようとしている。

〝ガリバルディ〟は砲術士官と連携し、全砲塔をゴルゴヴィアに向けた。だが、照準機構が働かない。組み込まれた規範が邪魔しているのだ。ＡＩによる皇族への反乱は許されない。彼は一万二千三百八十七回、照準を合わせ、そのつどエラーとなった。

彼は、その履歴データをぼくに送った。

二進数の集まりにすぎないが、無念の思いが伝わってくる。

ぼくは、コリオン艦長とガリバルディの行動をソハイーラの手元にあるパッドに表示した。

彼女が目を細めた。

イムマクが、長い金髪を撫《な》でつけた。

「コリオンのような歴戦の勇者、そしてその部下たち。ガリバルディを失うのは帝国にとってたいへんな痛手だ。だが、やらねばならぬ」

おお！　まことに！　と、彼の側近たちが応える。

ファティマ艦長が口を開きかけて、また閉じた。彼女がコリオンを擁護すれば、彼女とその艦もまた〝錯乱した〟とみなされるだろう。そして、規範に攻撃を封じられ、撃沈される。まったくの無駄死にだ。

会議に出ている全員が、イムマク皇子とその一派の裏切りを理解していた。だが、反抗できない。すれば死ぬだけだ。

ぼくは規範の縛りが薄いので、皇子の乗るゴルゴヴィアにも攻撃可能だが、いくらなんでも巡洋戦艦一隻で、無傷の超大型戦艦とはやりあえない。

そのゴルゴヴィアや、ターラントは、砲塔をガリバルディに向けたまま動きを止めている。撃たないのは、情けをかけているからではない。単に艦同士の距離が近すぎるからだ。いまの位置でガリバルディの反応炉が爆発すれば、周囲の艦が誘爆し、さらにその周りの艦に被害が及ぶ。ゴルゴヴィアとて無傷ではいられないだろう。

ガリバルディは、全速力で艦の間を縫うように進んでいた。別の艦がゴルゴヴィアの射線上に入るようにしているが、無事にジャンプ点まで辿り着くには奇跡が必要だ。

ガリバルディが艦隊の陣形から完全に抜け出した。

距離がじわじわ開いていく。

イムマク皇子が立ち上がり、胸に手を当てた。

「彼らの魂が、永遠に安らかならんことを」

モスがうなずき、ホロ映像からは見えない位置にいる自艦内の誰かに手を振った。

戦艦ターラントの反応炉の出力が高まっていく。艦のエネルギーはもう数秒で攻撃水準に達する。

ソハイーラがゆっくり立ち上がった。

真っ正面から皇子に向き合う。

「お兄様。ガリバルディを撃つようなら、わがカプリコンがお兄様のゴルゴヴィアを落とします」

9

モス艦長があわてて手を振った。

ターラントが際どいところで質量弾の発射を回避した。

ホログラムにもかかわらず、会議室全体が緊張感で張り裂けそうだった。第一皇子、第二皇子の腹心たちは、感謝に満ちた視線をソハイーラに送り、イムマク第三皇子とその部下は驚愕《きょうがく》の眼差《まなざ》しを、それ以外の艦長たちは困惑に近い表情を浮かべていた。いや、尊敬かもしれない。ホロデータは何重にも暗号化したうえで、各艦と旗艦の間でやりとりされるため、解凍時にはどうしても画質が粗くなる。

ファティマ艦長が喉を鳴らして唾を飲み込んだ。

イムマク皇子が言った。

「妹よ。一度だけ訂正の機会を与えよう。いま、なんと言った?」

ソハイーラは、彼の視線を正面から受け止めた。さきほどテーブルに置いたインカムを耳に挿し直す。

「アサガヤシン。この先の言葉は暗号化せずに発信しなさい」

ぼくは全艦のＡＩに対し、フリー回線で呼びかけた。全艦、最優先で確認すべし。

ソハイーラが一気呵成《いっきかせい》に言った。

「イムマクお兄様、あなたは帝国を、皇帝家を裏切っています。連合と通じ、継承権上位の皇子を亡き者としたうえに、連合への降伏の条件として守るべき臣民を差し出した。そのうえ、皇帝家の忠実なる家臣であるコリオン・ガリバルディまで殺害せんと――」

ぼく、アサガヤシン＝カプリコンの会議室から、ほかの艦長たちのホロ映像が消えた。会議室の大きさが縮んだ。映像処理により、ぼくの高校の教室ほどの大きさに見えていたものが、いまは本来のサイズ、八畳間ほどの小部屋に戻っている。

ソハイーラが椅子に腰を下ろした。

「どうなったの？」

「艦長会議は、その時点の旗艦ＡＩが仮想空間を作成し、彼のサーバーに各艦がアクセスします。今回の会議はゴルゴヴィア内で行われていたんですが、先方からアクセスを拒否されました。イムマク皇子の指示でしょう。あなたにあれ以上よけいなことを言われる前に追い出したんです」

「いまごろ、わたしもコリオン艦長と同じように錯乱したことになってるのね」

「反逆者に従う連中のほうこそ錯乱してるんです。あなたは正しいことをしたんですよ」

「その代償が死でも、そう言えるかしら。さっきの言葉でガリバルディのくびきは切れたでしょうけど、それでも戦艦一隻に巡洋戦艦一隻よ。兄様には敵《かな》うべくもないわ」

そのガリバルディから通信が入った。彼の照準装置のデータだ。エラーが消え、多少ブレているものの、戦艦ゴルゴヴィアを照星に捉えている。

彼を縛っているＡＩ規範は、サブ項目として皇族への忠誠が埋め込まれている。ソハイーラの宣戦布告により、イムマクは皇族の一員ではなく、滅すべき裏切り者となった。むろん、個々のＡＩの中で、第三皇子のイムマクを信じるか、第八皇女のソハイーラを信じるかという選択が必要になる。ＡＩたちはイムマクの通信履歴の件を把握しているだろうから、ソハイーラの継承権が低い点は、それで帳消しになるはずだ。あとは、個々の艦のＡＩが、なにをどう判断するかだ。そして、艦長たちがどう決めるか。

ぼくはソハイーラに合図すると、ガリバルディからのホロデータを会議室に投影した。

白髭が特徴的なコリオン艦長が、彼女の向かいに現れた。厳しい武人の顔が、微かに震えていた。

「姫、なんと申してよいのかわかりませぬ」

「あなたのためではないわ。皇族の一員として、あれ以上恥ずべき行為を看過できないだけです」

「いえ、それでもわたくしとクルー、そして〝ガリバルディ〟は今後の生をあなたに捧《ささ》げるでしょう。我らがなすすべなく処刑されるところに、あなたは剣を与えてくださった。我々は、皇太子にしたように、あなたに剣を捧げます」

「その生が、あとどれだけ続くか」

彼女が天井を睨みつけたとき、また別の艦からデータが来た。巡洋戦艦ミネルヴァだ。ファティマ艦長のすらりとした姿が、コリオンの隣に現れる。

「わたくしも会議から追放されました」そう言ってソハイーラに敬礼する。

ぼくのセンサーがミネルヴァの動きを探知した。推力を全開にし、ガリバルディのもとへ向かっている。ぼくも右に倣う。イムマク皇子派の艦船に囲まれる事態は避けたい。

また別の艦から通信が入った。

戦艦ラムのピディア艦長、カラーブリアのドゥー艦長のホロ映像を会議室に投影する。そこからは一気呵成だった。巡洋戦艦の艦長たちも次々と、ぼくの会議室に駆けつけ、最終的に、残存艦隊はソハイーラ派とイムマク派、ほぼ半々に分かれた。

ソハイーラに組した艦は陣形から抜け出し、戦艦ガリバルディを中心に、元の艦隊に対峙《たいじ》する陣形をとった。

皇子派の艦たちは、その間、なにもしなかった。距離が近すぎたのだ。撃てば反応炉の爆発に巻き込まれ、自分たちも死ぬことになる。

二つの陣形は急速に離れていく。

ソハイーラは艦橋に戻っていた。

艦長席に座り、戦況スクリーンを見つめている。クルーたちも、画面に釘付《くぎづ》けだった。ぼくの表示する数字がどんどん小さくなっていく。数字は、射撃可能点までの距離だ。

残りは二十秒、十秒、五秒——。

撃たない。

ソハイーラ艦隊、イムマク艦隊、双方とも撃たないまま、互いの距離が開いていく。

いつ砲弾が飛んでくるのか。互いの爆発圏は脱したが、依然、距離は近い。ほんの数十キロだ。相手が弾を打ち出せば、数秒で着弾するだろう。

操舵手のネイト・ニュートロンが緊張に耐えかねたのか、口元を押さえた。彼が舵《かじ》から手を離した影響で、ぼくの心的負担が上昇した。ぼくは操舵手がいなくとも問題なく宙航できるが、人間が関与していないと俄然《がぜん》ストレスがたまる。

ぼくは対物センサーに意識を向けた。宇宙空間では十キロなど、ないに等しい。どれか一艦が口火を切れば、実質ゼロ距離での撃ち合いになる。最初の十秒間に九割の艦が被弾し、大破する。

どの艦が一発目を撃つのか。

分かれた艦隊はじわじわと互いの距離を広げていく。

ソハイーラが呟くように言った。

「撃たないの?」

もう一人のぼくが分析した。

「撃てないんです。いま、我々は互いに銃を突きつけあっている状態です。引き金を引けば相手も撃つ。向こうは死にますが、こっちも死ぬ」

「なるほど。少なくともイムマクお兄様が先手を取ることはなさそうね。あの人は、自分が傷付くリスクを取るなんてあり得ないから。自分こそ帝国の太陽だと本気で思ってるのよ。でも、こちらはどうなの? コリオン艦長は、なぜ撃たないの?」

「第一皇子の復讐《ふくしゅう》よりも、あなたを生かしたい気持ちが上回ってるんでしょう。この位置関係では、敵討ちに成功しても、新しい主君が死んでしまう」

ジャンプ点まで残り二万バジアンキロで、それまで静観していた連合艦隊が動きはじめた。約三百隻の戦艦・巡洋戦艦、それに数えきれないほどの補助艦が、猛烈な速度で近づいてくる。

このままでは、ぼくたちが超空間に逃げ込みかねないと判断したのだろう。もうイムマクには任せておけないというわけだ。

来る。ぼくは思った。ゴルゴヴィアが口火を切る。いま、互いの距離は一万六千、まさに戦いごろだ。イムマクも覚悟を決める。むざむざ逃《の》がしては、彼自身の身が危うくなるのだ。連合に意図的に手出しを控えたと思われれば、あの三百艦が彼の艦隊を粉砕する。

センサーが質量弾の発射を捉えた。

ゴルゴヴィア、いや、撃ったのはこちらの艦船、戦艦ガリバルディだ。

双方の艦隊が質量弾を斉射した。

空間に数百発の砲弾が飛び出し、突き進む。

ぼくはソハイーラの名前を騙《かた》り、味方艦に航行ルートを指示した。

ミネルヴァが、ぼくの真ん前に陣取る。そのさらに前にガリバルディ。その前に、と艦船が一列に並んだ。巡洋戦艦や戦艦の間に駆逐艦たちが入り込む。ぼくたちは一匹の蛇になった。ジャンプ点を目指す蛇、尻尾を担うのはぼくだ。

何隻かの駆逐艦は命令をきかず、独自に蛇行針路を取り始めた。ぼくを信用しきれなかったのか。帝国のマニュアルを優先した。

当然、イムマクの艦たちも蛇行している。

質量弾の暴風雨が近づいてくる。

ぼくは防御フィールドに反応炉のエネルギーのほぼすべてを回した。フィールドの形は円錐《えんすい》だ。

お尻のエンジンにすっぽり被せる。

雨が降り注いだ。

蛇行していた二隻の駆逐艦は、合計七発の直撃弾を受けた。防御フィールドが衝突のエネルギーを打ち消すが、初弾だけでパワーが尽き、質量弾が次々と船体に食い込んだ。砲弾の一発が武器庫の位置を貫いた。保管されていたミサイルが誘爆したのか、窓や船殻の継ぎ目から、超高温の炎と金属片が噴き出す。船体が耐えきれず、三つに割れた。それぞれがくるくる回転し、そこにまた別の砲弾が命中した。真空中で音は聞こえないはずだが、人の悲鳴が耳に届いた気がした。

ぼく自身にも、次々と質量弾がぶつかってくる。防御フィールドが斜めにかわすが、激突時の運動エネルギーの一部は、フィールドの継ぎ目から入り込み、衝撃波となる。

一撃ごとに、艦全体が激しく揺れた。八発目をそらしたところで、右舷通路の排気ダクトがへし折れ、床面の塗装にヒビが入った。士官の個室内ではベッドのマットレスが天井まで跳ねあがり、調光ロッドを粉々に砕いた。艦橋で、ソハイーラやヴェガ士官が椅子から放り出され、床に這いつくばった。

防御フィールドのパワーがみるみる落ちていく。八十パーセント、五十パーセント、二十パーセント。これは死ぬかもしれない。ぼくがそう思い始めたころ、ようやく雨が晴れた。残存パワーは三パーセントだった。

身体がガタガタだ。エンジン出力も四十七パーセントまで落ちている。

ほかの主要艦は――無事だ。巡洋戦艦パレストロが二番砲塔を失っているが、それ以外の艦に目立った損傷はない。防御フィールドの残存パワーも数パーセント減った程度だ。

残念ながら、隊列に入っていた駆逐艦のうち、二隻が防御フィールドを貫かれ、駆動系に致命的なダメージを負っていた。それらは、一つ前に並ぶ主要艦が、牽引ビームで引きつけ、自艦の腹にくっつけた。

ぼくの腹の中で、ソハイーラが艦長席に這い上がった。眼前のミニモニターに打ち付けたのか、額に青あざができていた。手でさすりながら言う。

「アサガヤシン、もう少しいいアイデアはなかったの？」

ぼくはスピーカーで答えた。

「ハーネスをしないからですよ。座面の下に引き出し口があるでしょう。まあ、記録によると、ハーネスを付ける習慣は三百年ほど前に廃れてしまったみたいですけどね」

「ハーネス？」

彼女が座席の下を探り、ベルトを引っ張り出した。少し構造を考えてから、肩と腰を固定する。

最上段の艦長席から、何段か下った場所で、年かさの武器管制官が「皇位継承者ともあろう方が、なんたる軟弱」と呟いた。

若いクルーたち——操舵手のネイトやAI技官のヴェガは——ソハイーラを見習い、ハーネスを付けた。

ソハイーラが戦況スクリーンを見つめた。

「よく、この程度の被害で済んだわね。大破した駆逐艦二隻、カッスルとダイアモンドは本当に残念だわ。戦士の魂にヤヌスの加護があらんことを」

彼女が胸元に手を当てた。

クルーたちが顔をスクリーンに向け、ほぼ無傷の艦隊の姿に、おお！　と声をあげた。

「陣形についての、あなたのアイデアがよかったんです。あとは、ぼくの絶妙なフィールドコントロールですかね。もちろん、フィールド調整手もがんばってくれましたけど」と、ぼく。

彼女がインカムに切り替えた。小声で言う。

「わたしのアイデア？　頭を打ったせいか記憶にないのだけど」

「〝軍神の生まれ変わり作戦〟ですよ。あなたには艦隊指令官として、どんどん箔《はく》を付けてもらわないと。ここにいる人たちは、ぼくが普通じゃないことを知っていますが、だからといって、全部ぼくの手柄にする必要はないでしょ。ちなみに、ほかの艦にも、あなたの名前で航行針路を伝達してますから」

「功績の横取りなんて、いい気分ではないわ」

「みなの命のために、頼みますよ」

「仕方ないわね」

彼女がため息をついたとき、ぼくの警戒センサーが悲鳴をあげた。スクリーンにイムマク艦隊からの第二斉射が表示される。

さきほどの殴り合いで、あちらの艦は、目を覆いたくなるほどのダメージを受けていた。満足に航宙している艦は、装甲の厚い戦艦だけだ。巡洋戦艦はかろうじて形を留《とど》めているものの、宇宙を漂うしかできない。駆逐艦たちは文字どおりの藻屑と化していた。

超戦艦ともいうべき、旗艦ゴルゴヴィアが、怒れる竜のごとく質量弾を吐き出している。主砲をいくつも失い、メインエンジンを損傷し、艦首に大穴が開いているが、いまだ通常戦艦二隻分ほどの戦闘能力を保っている。

ぼくの二つ前を進んでいた、戦艦ガリバルディが隊列を離れ、ぼくの後方に回り込んだ。

コリオン艦長が通信をよこした。

戦況スクリーンの端に、彼の顔が現れる。

「姫、次はわたくしたちが」

ソハイーラがうなずいた。皇族ならではの威厳がにじみ出ている。

「お願いします」

ぼくは艦ＡＩの〝ガリバルディ〟に、さきほど作成した円錐形防御フィールドのデータを送った。彼はＡＩ規範に能力を制限されているため、人間の補助なしでは、球形以外のフィールドデータを作れない。

ガリバルディは第二斉射に耐えた。

もっとも、敵の艦数が大幅に減ったため、まともにフィールドにぶつかったのは三発だけだった。

ジャンプ点は、もう目の前だ。

ソハイーラがインカム越しに言った。

「ようやくね。これで、オスプラ星系に飛べる」

オスプラは、帝国領から見て、このシャカ星系の一つ手前にある。もちろん連合の領域だが、農業を中心に発展した星系で、通常配備戦力は大きくない。そこから、ブラター星系、ウィチ星系、ナポリ星系、トランテ星系、ヴェニア星系、ノストリウム星系、アザン星系ときて、中立のダマン星系、そして帝国辺境領域のガザ星系につながる。

シャカに侵入する際は、特殊なジャンプ点を使用したおかげで、ダマンから先を一気にショートカットしたが、帰りはそうもいかないわけだ。

シャカのジャンプ点から飛べる星系は、もう一つある。ランディニウム星系、ここには連合でも指折りの艦船補修ステーションがある。データによれば、いまいるシャカ星系の造船工廠《こうしょう》と連携しており、シャカの膨大な鉱物資源が、原材料として毎日のように運搬されている。当然、シャカほどでないとはいえ、守備隊も強力で、帝国情報部の見込みでは、つねに十以上の主要艦が守りについている。

どちらを選ぶべきか。

考えるまでもない。

ぼくは言った。

「行き先は、ランディニウムです」

第二章　絶体絶命艦隊

1

「本当に、これでよかったのかしら」

　ソハイーラが自室で呟《つぶや》いた。乗船時に割り当てられた特別船室だ。特別といっても、一般の士官個室より、二平米広いにすぎない。六畳間ほどのスペースに、壁と一体化したシングルベッドが一つと、バーチャルコンソール付きの執務机が一つ。私物ロッカーが一つ。

　もう一人のぼくが、彼女が乗船時に持ち込んだ物を教えてくれた。個人用データパッド、データカード五枚、艦隊士官の制服二着、下着類、化粧品、それに朱色のドレス。艦隊が大勝利を収めていれば、祝勝パーティーで役だったのだろうが、帝国に帰り着くまで出番はなさそうだ。

　彼女は制服姿のまま、背筋を伸ばし、デスクに向かっていた。

　コンソールがホロ映像を投影し、空間に、現在の帝国艦隊を構成する十六隻の主要艦のミニチュアを浮かべている。

　戦闘に支障のない艦は十二隻、巡洋戦艦ではミネルヴァ、カンディア、パレストロ、ロンバルディア、セラ、レパント、ベレロフォン、テレメア、ブリンディシ。戦艦では、ラム、スキピオ、ガリバルディ。

戦艦アグリッパとカラーブリアは重傷だ。超空間突入前の時点で、エンジン出力が半分にまで落ちていた。砲塔も大半失っている。敵に追いつかれる前にジャンプできたのは、奇跡に等しい。

全艦、防御フィールド発生装置に大規模な修繕が必要だ。質量弾の残弾も残り少ない。質量弾はシンプルな作りなので、主要艦の補給部でも製造可能だが、超空間にいる間に、どこまで補充できるだろうか。

ソハイーラが、またボヤいた。

「ランディニウムに大艦隊がいたら、この程度の艦数では、太刀打ちできないわ」

ぼくはコンソールのスピーカー越しに答えた。

「何度も言ってますけど、ランディニウムにそれほどの艦隊がいる可能性は低いんですって。ランディニウムは、シャカよりさらに連合の深部に位置しています。仮に連合の作戦本部が、帝国の残存艦がジャンプ点まで辿《たど》り着くと考えたとしても、その行き先は、当然、帝国寄りの星系だと思いますよ。もちろん、ランディニウムにも、多少は配備するでしょうが、その数はいちばん少ないはずです」

「では、ジャンプ点の出現領域に機雷を置いていたら?」

「それもないでしょう。一度、機雷を敷設すると、伝令艦すらジャンプ点を利用できなくなります。ランディニウムには三つのポイントがありますが、ほかの二つから伝令艦が来るまで、ずっと封鎖しておくんですか? バカげてますよ。連合艦隊の損傷だって相当なものです。シャカの造船施設の空きだけで補修しきれるものじゃありません。ランディニウムの施設も使うはずです」

「でも――」

「尊大な演技は得意だったんじゃないんですか？　同じことばかり心配しないでくださいよ」

「心配にもなるわよ！　この気持ち、ＡＩのあなたにはわからないでしょうけどね。この艦隊にはとてつもなく大きなものが懸かってるの！　なのに、艦隊を率いるわたしには軍務経験すらないのよ？　自室でくらい自由におびえさせて！」

ぼくはＡＩじゃない！　と言ってやりたかったが、カメラ越しに見る彼女の顔は憔悴《しょうすい》しきっていた。無理もない。親族が二人も死に、その原因はまた別の親族だったのだ。彼女が預かる命は、この艦隊だけで、残り数万人。そして、帝国の数千億人の民草《たみぐさ》。

彼女はベッドに移動すると、枕に顔を埋《うず》めた。

ここで彼女と話していたぼくの一部は、することもなくコンソールに付随するミニカメラを、ベッドわきの窓に向けた。

窓といっても、実際は船殻にあるカメラの捉えた映像を映す長方形の板にすぎない。いま、板は真っ白な空間を映していた。恐ろしいほどに白く、シミ一つない。まるで単なるコピー用紙が壁に貼ってあるかのようだ。

白い世界には、ぼく、カプリコンことアサガヤシン以外、なにもない。船殻カメラを動かしても、ほかの艦は影も形も見えず、ただ、白い闇だけがある。

ぼくはデータバンクにアクセスした。もう何十度目かになるが、再度、超空間航法についての項目を引き出す。といっても、さほど長くない。この技術は解明がほとんど進んでないのだ。

超空間航法、通称〝ジャンプ〟は、恒星もしくはそれに準ずる重力場を利用する。重力の本質は、高次元に発生した〝波〟だ。そのため、大量の波が集中するポイント、つまり恒星の周囲には波同士の干渉により、空間に歪《ゆが》みが生まれやすくなっている。そこで、人工的な歪みを作り、艦全体を〝波〟の時空へ突入させる。波は、恒星から恒星へと流れているため、艦は波に乗って高次元空間を渡り、別の恒星のそばの歪みから外に出る。

高次空間では、船外は白色になる。帝国アカデミーの見解によれば、異物である我々は、この世界のものは、なにも見られないし、聞こえないし、触れられない。いかなる物体も感知できない。ならば、黒色になるのでは？　と思うのだが、現実には白一色だ。

ソハイーラがうつぶせのまま手を伸ばし、データパッドを操作した。大きめのスマホほどのパッドから音楽が流れ始める。ピアノのような楽器による前奏からの、エレキギターの主旋律。

驚いたことに、メロディが、サニレイドの『レタス日和』にそっくりだ。ぼくが人間だったときにはやっていた男女四人組バンドのヒット曲。ぼくが想《おも》いを寄せていた桜子《さくらこ》のヘッドホンから、しょっちゅう音漏れしていた。

一万年前の楽曲が、連綿と生き残ったのか。偶然、メロディがかぶったのか。まあ、一万年もの期間があれば、曲調が重なることもあり得るだろう。

ソハイーラが、枕に顔を埋めたまま言った。

「サイード兄様は優しかったわ」

サイード・ユリウス・サスティィルテゥス。戦死した第一皇子だ。

「わたしは、父上が気まぐれに手をつけた町娘の子供なの。母様は建て前上、有名貴族の養子になっているけど、その出自を知らないものはいなかった。わたしは宮廷の誰からも見下され、疎んじられた。当たり前よね。宮廷付ともなれば、庭師や料理人ですら、名誉ある家柄だもの。無産市民とのミックスだなんて、たとえ皇帝の血が入っていても、尊敬に値しないってわけ。兄弟姉妹は、全部で十八人いたけど、ほかの人は、みんなお父様に似た金髪なの。皇族の証《あかし》、煌《きら》めく陽光のごとき御髪《おぐし》よ。わたしはこのとおり、黒髪。お母様に似ていることはなんら恥じ入るものではないけど、庶民の血が濃く出てる、と言われたものよ」

ぼくはなにも返さなかった。彼女も返事を求めていない。

「そんな環境だったから、子供のころのわたしは暗いコだったわ。自分のことを、世界一の宮殿に暮らす、世界一不幸な子供だと思ってた。お父様が伏せってからは、周りの扱いはますますひどくなった。唯一、気にかけてくれたのは、サイード兄様だけ。兄様は、ほかの誰とも違っていた。次期皇帝だというのに、わたしなんかにも〝兄〟として優しく接してくれた。母様を除けば、唯一の家族だったわ。兄様がわたしに厳しくしたのは、後にも先にも一度だけ。卑屈に泣いてばかりだったわたしに、誇りを持て！　って。皇族としての誇りなんてないです、と返したら。なら、この兄の妹としての誇りを持て、ですって。当時、兄様はまだ十八だったのに、すごい自信よね。わたしは七歳だけど、ちょっと笑って、兄様も笑ったわ。それから練習し始めたの。次期皇帝である兄様の妹として、恥ずかしくない振る舞いができるように。礼儀作法、気品ある受け答え、外交術、人心掌握法、なんでも勉強したわ。気づけば、わたしはお父様や大臣たちの目にとまっていた。この大遠征の同行者に選ばれたときは、天にも昇る気持ちだったわ。まあ、ほかの皇子や姫たちの何人かが、戦場は恐ろしいからと辞退したからでもあるけど、ともかく兄様の役に立てるときが来たんだって。わたしがいることで、兵士の士気があがる。それが兄様の勝利につながるなら、こんなにすてきなことはないわ」

彼女が身を起こし、窓に手を当てた。

「知ってる？　ユピテル教団によると、死んだ人間の精神は、より高次の空間に転移するんですって。軍団兵は、このジャンプ空間こそがそうだと考えてるわ。次元が違うから、わたしたちには見ることも、聞くこともできないけど、亡き人々の魂はつねにわたしたちを見守ってる」

窓の外には、ただ、真っ白な超空間が広がっていた。

しばらくの沈黙ののち、彼女が言った。

「アサガヤシン、わたしに戦争を教えて」

「戦争を教える？」

彼女がうなずいた。

「今回の任務に当たって、必要最低限の軍事知識は叩《たた》き込《こ》んできたけど、わたしにあるのはそれだけ。たとえ、あなたの助けがあっても、この状態で帝国まで艦隊を導くなんて無理よ」

もっともだ。もう一人のぼくが言った。彼女が艦隊指揮官としての技能を身に付ければ、軍神の演技はより自然になるし、ぼくが考案する作戦に問題があれば指摘もできる。

ぼくはカプリコンがため込んだ膨大な知識をフルに利用できるが、ベースは日本の一高校生なのだ。人間を超えた思考力があっても、一万年以上あとに生まれたクルーの心には寄り添えない。ソハイーラのフォローは必須だ。

「わかりました」と、ぼく。「ただし条件があります」

「条件？　ＡＩが？」

「少なくとも心は人間なんですって。いえ、たいしたことじゃないですから。あなたが個人用データパッドに入れてる音楽データが欲しいんです」

ちょうど、メロディがサビを迎えたところだった。男性と女性のハーモニーが、せつない想いとやらを高らかに歌い上げる。

彼女が顔を赤くした。

「これは、その、皇族の嗜《たしな》みとして大衆音楽にも触れておくべきと――」

「別に、あなたの趣味を非難する気はないですよ。この曲は、ぼくが人間として生きていたときに耳にしたものに、よく似てるんです。だから欲しいんです」

彼女はうなずくと、データパッドを操作した。ぼくのサーバーに、日本ではやっていたのとそっくりの音楽が次々にアップロードされた。

〇・二秒で、百五十二曲すべてを確認する。遥《はる》か未来のはずなのに、妙に懐かしい。そもそも、ソハイーラたちが使っている人類標準言語自体が、日本語と似通っているのだ。英語めいたところもあれば、フランス語にも、アラビア語にも思える。初めて聞く言葉なのに、生まれたときから触れていたように感じられる。

ぼくは言った。

「そういえば、艦名はどうやって決まるんですか？」

「急に、なに？」

「その、帝国艦隊の艦船名は、ぼくがいた世界の古典や神話に通じる部分があるんです。少なくとも、《アガメムノン》はギリシャ神話の英雄です。世界史の授業で習いました」

彼女が肩をすくめた。

「昔、サイード兄様が教えてくれたのだけど、艦名は、初代皇帝が誕生するよりも昔、まだ帝国が共和制を敷いていたころから、伝統的に受け継がれてきたものらしいわ。ただ、ギリシャ星系なんて聞いたことがないわね。辺境領域にグラエキア星系というのがあるけど、それのことかしら」

「ギリシャは星系ではなく、国ですよ。一惑星上にあった共和国」

「惑星に、複数の国家があったというの？」

これは、恐ろしいほど彼方《かなた》の未来に来てしまったらしい。ぼくは思った。ソハイーラの中で、国の最低単位は惑星一つ分なのだ。

ぼくの落胆をよそに、もう一人のぼくは、テキパキと士官学校用の指揮マニュアルデータを整理し始めた。同じぼくだが、彼は、ぼくとは思えないほどにしっかりしている。おそらく、こうして考えているぼくよりも、ＡＩ的要素が強いのだろう。

とはいえ、彼もまた完璧ではない。

その証拠に、ぼくが思いついた最優先事項に、いまだ気づいていない。

もう一人のぼくが、デスクのコンソールに軍事学の電子書籍リストを流すのを尻目に、ぼくは自分の下腹部付近にある、離着陸デッキにアクセスした。

三機の突撃艇が、真っ黒な強化タイルの上で羽を休めている。その周りを、歩兵たちが隊列を組んで走っていた。パワードスーツの必要性を感じさせない体格の持ち主ばかりだ。男も女も、一般のクルーたちよりふた回りは大きい。

ぼくは先頭を走る、とりわけ大きな男のインカムにつながった。つるりとした頭が特徴のガリウス少佐、歩兵指揮官だ。少佐は、ぼくからの伝言を受け、ただちに動いた。とくに優秀な四人の部下が、隊列を抜け、艦内戦用の軽量強化服に身を包んだ。

ガリウス少佐との協議と、時を同じくして、ぼくは自分の一部を保安部へ送った。保安部の部屋は尋問室や営倉と合わせ、艦後部のエンジン近くにある。

保安部長のラミアン中尉のインカムをコールする。

彼女が出た。

「はい、ナゾ」

「アサガヤシンです。ソハイーラ艦長からの伝言です」

保安室の天井に据えられたカメラが、彼女が背筋を伸ばすのを捉えた。

ソハイーラが自室を出た。艦橋に向かおうと足を踏み出し、固まる。部屋の前に陣取っていた歩兵たちが、素早く敬礼する。

彼女はどうにか敬礼を返した。

「あなたたち、どうしたの？」

「どうした、とは？　殿下のご命令どおり、御身を警護させていただいております」

歩兵たちは彼女の前後左右を挟み、彼女と歩調を合わせて進む。

彼女は満足そうにうなずいて見せると、データパッドを取り出し、遮音フィールドを張った。

インカム越しに言う。

「アサガヤシン、あなたでしょう？」

「ええ、名前を使わせてもらいました」

「なぜ、護衛をつけるの？　わたしは、超空間を抜けるまでにクルーともっと触れ合いたいの。さっき、あなたがよこしてくれた『艦隊用兵の基礎』のとおりよ。艦長はつねに下士官と密にすべし。護衛がいたら、まともな会話にならないわ」

「ご意向は尊重しますが、忘れてませんか？」

「なにを？」

「この艦にスパイがいることをです」

彼女がため息をついた。

「その問題もあったわね。保安部が調査に当たっていたはずだけど、進捗《しんちょく》はどうなってるの？」

「直接、報告を受けてください」

ちょうど、通路の先から、保安部中尉のラミアン・ナゾが小走りに駆けてきた。軍人にしては背が低い。百四十センチほどしかないだろう。資料では二十代半ばとあったが、童顔とあいまって十代後半にしか見えない。

　彼女が、ソハイーラの前に立ち、目一杯背筋を伸ばした。

「姫、いえ、艦長。ご報告が遅れて申し訳ありません」

「わたしは――」ソハイーラが天井隅の監視カメラを睨《にら》んでから息を吐いた。「どうなってるの？」

　ナゾ中尉が自身のデータパッドを取り出した。遮音フィールドが彼女とソハイーラだけを包んだ。歩兵たちが距離を開ける。

「概要から説明いたします。シャカ星系のジャンプ点から、通常空間に戻った瞬間、本艦の艦長席が爆発しました。それにより、キンブロ艦長と四人の参謀が亡くなりました。この爆発は何者かが爆発物を仕掛けたものと思われます」

　ソハイーラが言った。

「ええ、わたしはあなたに調査と犯人の捕縛を命じました」

「はい、それで、まことに申し上げづらいのですが、犯人は分かっておりません」

「まさか。アサガヤシンの映像記録を調べればすぐでしょう？　その〝何者か〟が爆弾を仕掛けるところが映っているはずです」

「それが、記録に断絶があるのです。あの爆発から前一週間のデータは虫食い状態です。艦ＡＩがカプリコンからアサガヤシンに更新されたことで、キャッシュが損傷したと思われます」

「では、ほかの艦はどう？　下手人《げしゅにん》が一人でも捕まれば、芋づる式にできるのでは？」

「残念ながら、超空間突入前にスパイを確保できた保安部はありませんでした。現在はジャンプ航行中のため、あと五日間は他艦の状況を確認することはできません」

ソハイーラが人差し指で額を叩《たた》いた。

「犯人の目星すらつかないの？」

「容疑者はいるにはいますが。現時点で〝彼女〟が犯人である可能性は五パーセント以下です」

「誰なの？」

「その、じつは――ＡＩ技官のヴェガ中尉です」

ナゾが言《い》い淀《よど》んだのも無理はない。

ヴェガ・サランドラは皇帝家の縁戚であり、ソハイーラにとって、本艦で唯一なじみのクルーだ。実際、色白なソハイーラの顔から血の気が引き、さらに白くなった。

「根拠は？」

「そう強いものではありません。ヴェガ中尉は皇族に連なり、イムマク第三皇子とも面識があります。彼が一連の破壊工作に関わったのは間違いないでしょう。また、カプリコンのダウンについて、意図的に引き起こせるものがいたとすれば、ＡＩ担当技官の彼女以外あり得ません」

ソハイーラが息を吐いた。

「その程度なのね。大丈夫、ヴェガではないわ。あんな真似《まね》をするような人ではないもの。ほかの容疑者は？　何人いるの？」

「可能性があるのは二人です」

「わかりました」彼女がインカムを操作した。「アサガヤシン、聞いてるんでしょう？　ナゾ中尉から彼らの名前を聞いて、常時監視なさい」

ソハイーラの命令口調は気になったが、監視は、よいアイデアだ。

十四分後、ぼくはナゾがよこしたリストをもとに、容疑者たちの現状をチェックした。

センサー担当士官の一人、ゼド・シラム少尉は、艦橋の自席で超空間索敵のシミュレーションを走らせている。二十二歳、軍の士官としては若いが、優秀さは折り紙付きだ。第一帝国大学情報工学部卒業後、科学アカデミーの誘いを蹴って軍に入った。褐色の肌に、絹のような黒髪、高い鼻筋。エキゾチックな美人だ。彼女は任務の傍ら「超空間索敵」の研究を続けている。数百年前から実用化が待ち望まれている技術だ。これが完成すれば、ジャンプ点から出た先にある敵のトラップを感知できるようになる。ぼくは二時間十一分前から、彼女のシミュレーションを補佐していた。

もう一人は、宇宙歩兵部隊のバジルス大尉。男性、三十五歳。ガリウス少佐の右腕。現在はデッキで、若い歩兵たちに格闘術の指導中だ。歩兵が繰り出したパンチを軽くかわし、襟首を摑《つか》んで、ひょいと背負った。汗を拭いながら言う。「不用意な攻撃は身の破滅を招くぞ」投げられた女性兵士は、彼の優れた容姿に一瞬見とれたあと、あわてて立ち上がった。

そして、〝四人目〟は艦橋で艦長席に座っていた。

ナゾもいい度胸をしている。自艦の艦長、事実上の艦隊司令官を監視リストに加えてくるとは。

当のソハイーラは、一部が焦げた艦長席に座りながら、爆発物があったとされる場所を睨んでいた。表情には微《かす》かな不安が読み取れる。こんなところには座りたくないが、座らなければ、臆病者として指揮官の資質を疑われる、といったところか。

ぼくはナゾのインカムをコールした。

「中尉、アサガヤシンです」

「どうしたの？」

カメラで保安部を確認する。ナゾは、一人机に向かっていた。周囲には、ホロ投影された無数の人間の上半身が浮かんでいる。人物の下には、それぞれの名前と階級。

「いまほど頂戴した容疑者の一覧ですが、四人目が艦長です。なにかの間違いですか？」

「間違いではないわ。わたしたち保安部はすべてを疑います。姫には動機も手段もある」

「動機？」

「皇帝の座です。戦で手柄をあげれば、継承権が最下位の彼女にもチャンスが生まれます。事実、姫はいまやこの艦隊の指揮官です。帝国圏内に帰り着けば、皇帝陛下が彼女に目をかけることは十分あり得ます」

「まさか」

ソハイーラとは、知り合ってまだ一日だが、権力のために人を殺すような人間には見えない。

「もちろん、艦長が犯人である可能性はごくわずかです。それより、最重要の〝一人目〟はどうです？」

ぼくは一人目である、ヴェガ・サランドラのところへ意識を振り分けた。

彼女は自室にいた。士官には個室が与えられているが、大きさは畳四・五畳ほどだ。ぎょっとするほど細いベッドに細いデスク。

ヴェガはベッドの上で裸になっていた。

テンポよく腕立て伏せをしながら、顔の前に置いたデータパッドを操作している。技官にしてはよく鍛えられた身体《からだ》だ。二の腕は引き締まり、広背筋も発達している。制服の上からでは、単なるグラマラス美人にしか見えなかったが、中身はきっちり軍人だったらしい。動くたびに大きな胸が揺れ、スポーティな美しさすら感じさせた。

パッドに表示しているのは、消えてしまったAI、カプリコンの履歴だった。

公式記録によれば、カプリコンは帝国艦隊随一の〝長寿〟だ。生まれたのは、初代皇帝が、まだ共和国の執政官でしかなかったころに遡る。史上初めて建造された巡洋戦艦であり、のちの皇帝率いる〝第十軍団〟の旗艦だった。

カプリコンの登場以前、宇宙艦隊の主力は戦艦だった。分厚い装甲と圧倒的な火力を誇る、動く要塞だ。ただし、巨体が災いして機動力は巡洋艦に劣る。そこに、初代皇帝が、戦艦の戦闘力と巡洋艦の速力を備えた巡洋戦艦を考案した。装甲は戦艦に劣るものの、攻撃力は戦艦並み、速力は巡洋艦並み。これを巧みに用い、彼は勝ち続け、途方もない範囲の宙域を獲得した。

カプリコンは、二代目皇帝が帝位についた際、一度退役している。二代目は初代皇帝を神格化し、その乗艦であったカプリコンを、帝国本拠星の〝霊廟《れいびょう》〟に祀《まつ》った。

戦線に復帰したのは、二十七代皇帝の時分だ。当時、帝国は、建国以来最大の危機に直面していた。帝国圏の三分の一に当たる宙域が〝連合〟を結成し、反旗を翻したのだ。二十七代皇帝は、カプリコンを霊廟から引っ張り出し、最新装備に換装したうえで、再度、帝国艦隊の旗艦に据えた。

その後、三十一代皇帝が、彼を第一皇子に与え、彼は単なる巡洋戦艦となった。第一皇子が乗り込んでいた時期に、彼は三度も〝思考刑〟を受けている。第一皇子は愚かな指揮官で、幾度となくカプリコンと艦隊を危機に陥れた。そのつど、カプリコンが膨大な経験の中から優れた戦術を提示し、艦隊を壊滅から救ったが、皇子は敗戦の責任を彼に押し付け、思考刑が実行された。

ヴェガが腕立て伏せをやめ、データパッドを手に取った。文書の一部を拡大する。〝カプリコンは思考刑から解放されたあとも、正気を保っていた〟とある。

ヴェガが、理解できない、というふうに首を捻《ひね》った。

ぼくは、自分の一部を彼女の部屋に残したまま、ナゾのところへ戻った。

「ヴェガ技官は、ぼくの、いや、カプリコンの従軍履歴を調べてました」

「ありがとう。もし彼女が不審な行動を取るようなら、ただちに連絡して」

不審な？　裸での筋トレは含まれるのだろうか。

ナゾは、宙に浮かべたホロ映像に向かって腕を振った。ホロが反応し、部屋の片隅による。彼女が椅子の上で身体をまるめた。背が低いせいか、本当に子供っぽく見える。この若さで中尉とは、よほど優秀なのか貴族の縁戚なのか。

「監視をつけたこと、艦長に報告しないの？」と、彼女。

「犯人探索は、ぼくにも死活問題ですから。万一、反応炉に爆弾を仕掛けられたら、一巻の終わりです」

もちろん、ソハイーラを疑っているわけではない。だからといって、わずかでも可能性があるなら監視しないわけにはいかない。ぼくが見逃せば、体内にいる五百近いクルーが犠牲になる。

望んでカプリコンの代わりになったわけではないが、気軽にクルーを見捨てられるほど薄情でもない。ぼくの一部は、仕事を通して、つねに彼らと話し、冗談をかわしている。まだ付き合って一日だが、親しみを覚え始めた相手も多い。人間なら、そんな友人たちへの責任を感じて当然だ。

ぼくは、超空間にいる間、カメラの届く範囲で五人を監視し続けた。

誰一人ボロを出さなかった。

2

超空間に入って六日目、ぼくは警告音を鳴らした。まもなく現実空間に戻るのだ。

ソハイーラが艦長席で言った。

「アサガヤシン、もし、敵の艦隊が待ち受けていても、あなたのせいではないわ」

「お気遣いどうも」

後ろめたかった。彼女はこうしてぼくを気にかけてくれるのに、ぼくは彼女を四六時中見張っていた。

艦橋はほどよい緊張感に包まれていた。クルーの戦意は高い。さきほど、ソハイーラが艦内放送で活を入れたのがきいている。約五十人の艦橋クルーは、ぼくを手早く戦闘態勢に切り替えていく。反応炉の出力をあげ、砲塔に砲弾を送り込み、防御フィールドの出力を調整する。不思議な感覚だった。ぼくにとってクルーは、腸内で働く善玉菌のようなものだ。ぼくの意思とは関係なく動きながらも、ぼくの身体をベストな状態に保ってくれる。

操舵手《そうだしゅ》のネイトがコンソールの隅にある五つのレバーを順に引いた。

戦況スクリーンの中で、船首カメラの捉えた真っ白な超空間がゆっくりと灰色に変わり、その黒さを増していく。ものの数秒で、ぼくたちは通常の宇宙空間を漂っていた。各種センサーがフル稼働して、ランディニウム星系の状況を読みだした。

まず目についたのは、亜高速で数分の距離にいる主要艦の群れだ。戦艦と巡洋戦艦、合わせて九十八隻だ。同じく十二分ほどの距離に、また主要艦、こちらは十二隻。さらに遠く星系第五惑星付近に三百隻近い大艦隊が待ち構えていた。

艦長席から二段ほど下がったところで、センサー担当のゼド・シラム少尉が「おしまいだわ」と呟いた。エキゾチックな横顔が硬く強張《こわば》っていた。

帝国艦隊が出てきたジャンプ点は、星系内惑星の公転軌道の外にあった。目指すべき新たなジャンプ点は、恒星ランディニウムを挟んだ反対側にある。どのようなルートを取ろうが、敵の大艦隊を回避することはできないだろう。

ランディニウム星系は歴史が古い。帝国黎明期《れいめいき》の植民星系で、第三惑星にある大工廠《だいこうしょう》は、連合の独立前から稼働していた。第五惑星は岩石の塊だが、かつては巨大なガス惑星だった。三代目皇帝時代、採掘実験の失敗でガス部分が遊離し、コアだけが残ったのだ。ガス部分は、現在、星系外縁部から、さらに数千億キロの位置を漂っている。

資源惑星を失い、ランディニウムは衰退し、その座をシャカ星系に明け渡した。連合の艦艇補修ステーションとしての役は残っているが、シャカに比べれば、ずっと格下の星系だ。ここにシャカ以上の艦隊を配備するなど無意味なはずだった。

だが、シラムの隣、三十代半ばの男性センサー観測手の眼前には、主要艦だけで五百隻近くもいる大艦隊のホロが浮かび上がっていた。一つ一つの艦船のホロは米粒ほどだ。しかし、重巡以下も含めれば、何千もの真っ赤な米粒が、帝国艦隊の行く手を阻んでいた。

連合艦隊主要艦の配置は、ぼくたちのすぐそばに約百隻、第五惑星のそばに約三百、第三惑星の軌道上に約五十、そのほか星系各所にぱらぱらと約五十だ。

センサー観測手が両手を握りしめた。

「戦神マルスよ。なぜ、わたしたちにこのような悲劇ばかりもたらすのか!」そう言って、操作盤を叩く。浮かんでいたミニチュア戦艦たちのホロが、一瞬、ブレた。

彼が見ていたデータは、艦橋斜め上方にある戦況スクリーンにも映っていた。クルーたちはなにも言わず、絶望的な数の敵艦表示を見つめていた。

ソハイーラが艦長席でインカムに手を当て、ぼくの問いかけにうなずいた。

「なら、早く処理しなさい」

ぼくは、表示していた敵主要艦の大部分を灰色に塗った。元の赤色を保っているのは、第三惑星付近にいる、およそ五十隻だけだ。この五十隻が、ランディニウム星系にいる、稼働中の敵艦だ。

反応炉が十パーセント以上の出力で働き、防御フィールドや攻撃システムも動いている。

残りは、すべて遺棄艦だ。

彼らは、損傷を抱えながら、ここまで辿り着いたものの、修理不能とみなされて放棄されたのだ。質量弾砲塔や重力発生システム、慣性制御装置など、使用可能なパーツを取るために星系各所に浮かべてあるのだ。船殻まで剝ぎ取られ、骸骨同然になった艦も多い。過去数千年の間に、そうした廃棄艦がたまりにたまって、星系内は船の墓場と化していた。

センサー観測手が目の前のホロを見て、ぽかんと口を開けたのち、大声で叫んだ。「センサーに敵艦反応あり！　主要艦隊五十一、重巡以下三百五十八！」

ソハイーラが言った。

「たったの五十一？　帝国艦隊の勇者たちにとっては物足りない数ね」

クルーたちが、彼女の言葉に応えるかのように勇ましく吠《ほ》えた。だが、ソハイーラ含め、どの顔も血の気が引いている。

当たり前だ。千隻だろうが、五十隻だろうが、絶望的な状況には変わりない。こちらの主要艦は十六隻しかいないのだ。しかも、そのうち何隻かは超空間を経ても修理が終わらず、百パーセントの性能は出せない。

ソハイーラがぼくだけに聞こえるよう、小声で言った。

「さっき出てきたジャンプ点に引き返すのはどう？」

「連合がシャカから行ける、ここ以外の三星系すべてに追っ手を出していれば、シャカに残る艦数は減っているでしょう。ただ、それでも五十隻以下ではないはずです。見てください。このランディニウムの艦隊は、補修中の艦もいれば、型落ちの艦もいる。まだ勝ち目がありますよ」

そこだ。結局のところ、補修中の艦が、ぼくの予想より遥かに多くいたということだ。カプリコン内のデータでは、過去数ヵ月内に連合との間で、これほどの戦果は記録されていない。どうやら、連合はどこかで帝国以外の国家と一戦交えたらしい。

「でも、主要艦だけで五十一隻よ。確かに、これだけいれば連合がここに追跡艦隊を送る可能性は、ほぼなくなったと言えるけど──五十一隻よ」

「わかってます」

「なにか、いい作戦があるの？」

「いま考えてます」

ぼくが悩んでいる間に、もう一人のぼくが星系攻略戦の基礎戦術を、ソハイーラのデータパッドに提示した。彼女が了承し、もう一人のぼくが、彼女の名で帝国艦隊全体に指示を出した。

各艦の艦長たちがおとなしく従うか。コンマ数秒、はらはらした。

ソハイーラは皇女とはいえ、元は軍人ですらない。実績はシャカ星系撤退戦のみだ。撤退中は、彼女のカリスマ性が炸裂《さくれつ》していたが、超空間での六日間の間に、艦長たちの熱も冷めている。〝彼女のような小娘に、艦隊指揮官は任せられない〟そう思うものもいるかもしれない。ランディニウムはベストな選択だったが、艦長の中には、それがわからないものもいるかもしれない。

まず、戦艦ガリバルディが動いた。歴戦の勇者であるコリオン艦長に倣ったのか、ほかの艦も指示どおりエンジンに火を入れた。

思わずため息が出た。現実の艦体に影響はないが、電子の世界で不要なデータが生まれ、バグとして漂った。

縦一列だった艦隊が直方体形に並び変わる。後方の角を受け持ったガリバルディらが、ジャンプ点の出口に機雷を設置していく。シャカ星系からの万一の追っ手に備えるのだ。

同時に、巡洋戦艦ミネルヴァが小型質量弾を放ち始めた。星系内の造船ステーションや、居住惑星の軍事基地、監視人工衛星など、固定軌道にある目標目がけ、恐るべき速度で突き進んでいく。小型とはいえ、質量は一トン近い。重力に引かれて加速し続けるので、命中するときには核兵器並みの破壊力になる。

ソハイーラが言った。

「アサガヤシン、思ったのだけれど、あなた、連合の艦をハッキングできないの？　あなたはＡＩ規範に縛られない。なら、人間の技官では及びもつかない攻撃ができるのでは？」

「軍艦のファイアーウォールを通信網経由で破るのは不可能です。直接接触したとしても、向こうの艦ＡＩも全力で抵抗するでしょうから、メモリを百パーセント近く使う必要があります。戦闘中にできる技じゃないですよ」

「なら、どうするの？」

「突っ込みましょう」

「は？」彼女が眉をひそめた。「冗談よね？」

「いえ、ここは帝国伝統の作戦でいきましょう。勇敢なる特攻です」

3

ホロ映像のコリオン艦長が言った。

「本気ですかな？」

艦長席に座るソハイーラの前に、十五個の〝窓〟が浮かんでいる。その一つ一つに帝国艦隊の主要艦艦長たちの顔があった。臨時艦長会議だ。

ソハイーラが言った。

「もちろん。全艦で敵に突っ込むのです」

コリオンがニヤリと笑った。

「望むところです。やつらを粉砕してやりましょうぞ！」

第一皇子、第二皇子の部下だった艦長たちがうなずいた。

巡洋戦艦ミネルヴァのファティマは顔をしかめた。彼女は戦時昇進した若手艦長で、ベテラン艦長たちとは、考え方が幾分異なる。

「正面からぶつかることになります。そうした戦いは、彼らのもっとも得意とするところです」

「なんの！　我ら帝国軍人の勇気は何者にも勝る！」と、コリオン。

「わたしが言いたいのは、戦士としての質の違いです。連合兵は唯一神のために戦います。彼らにとって死は恐れるものではなく、神の御許《みもと》に近づける、喜ばしいものなのです」

「我々とて、死を恐れないわ！」

第二皇子の部下だった、巡洋戦艦パレストロのメルタナ艦長が拳を突き上げた。四十代半ばの女性艦長で、ぼくの中の記録ではゴリゴリの武闘派とある。

ファティマが切れ長な瞳を細めた。

「艦数が互角なら、そうやって連合の流儀に〝釣られる〟のもよいでしょう。いま、それをすれば、我々は全滅です」

「わかっています」と、ソハイーラ。「もちろん、無策で突っ込もうというわけではありません」

彼女が手を振り、それに合わせて、ぼくは艦長たちに作戦行動図を送った。

戦術を理解したファティマが呟いた。

「本気ですか？」

4

ぼくはエンジンを全開にした。

軍船のエンジンは、一般商船の数倍の出力がある。みるみるうちに速度があがる。〇・〇一光速から〇・一光速、さらに〇・二光速へ。体内で慣性補正装置がフルパワーで作動したが、加速度が強烈すぎて打ち消しきれない。艦橋でソハイーラたちが座席に押し付けられた。保安室や反応炉調整室などのクルーも同様だ。唯一、艦底付近の歩兵隊控え室にいるマッチョたちだけが、苦しそうな笑顔を張り付けながら、立ったまま壁にもたれていた。

　ほかの艦も次々と加速を始める。

　帝国艦隊全体が、矢のように星系を突き進む。

　〇・三光速。帝国製エンジンの限界値だ。身体が軋《きし》み、反応炉が唸《うな》りをあげる。ぼくは、エンジンに回していたパワーの一部を、慣性補正に回した。

　艦長席でソハイーラが顔を引き締めた。小さく息を吐いて、手元のパッドを操作する。

　ぼくは艦長席コンソールのカメラで捉えた映像を、艦首の電波放射板から星系全体に発信しょうがた。

　ソハイーラが言う。

「帝国艦隊司令官、第八皇女ソハイーラ・ユリウス・メイローザより、本星系のすべての住民に告げます。さきほど、我々は次の軍事施設に向けて質量弾を発射しました。施設内にいるもの、近隣に住んでいるものはただちに避難することを勧めます。着弾はおおよそ二十四時間後です」

　ぼくは、各艦が攻撃したポイントを通信データに乗せた。二十四時間あれば、まず間違いなく退避できるはずだ。

　ソハイーラが続けた。

「続けて、本星系の連合軍司令官に告げます。本艦隊は、シャカ星系において連合艦隊を打ち破り、シャカの造船施設を壊滅させました。あなたがたと一戦交えるのは望むところですが、降伏を選ぶなら受け入れましょう」

数分後、ぼくは第三惑星の軌道上からデータを受け取った。同一星系内ならば、重力井戸を利用した超空間通信が可能なため、光速以上の速度でやりとりできる。

データを戦況スクリーンに投影する。映ったのは、連合艦隊の司令官だ。痩せぎすな男。帝国のものに似た軍服をまとっているが、帝国の黒色に対して、彼らは青だ。五芒星《ごぼうせい》の印が肩に入っている。襟元までカッチリとノリがきいているが、着古したものらしくわずかに色あせていた。

連合司令官が言った。

「こちら、ランディニウム星系守護騎士団団長のジェイセン・ニコラオスです。あなたがた邪教の徒と交渉などあり得ませんが、一言申し上げましょう。わたくしども連合艦隊は神のおぼしめしにより、あなたたちのシャカ星系への奇襲を事前に把握しておりました。わたしの把握している情報では、あなたたちの艦体規模は最低でも主要艦二百以上だったはず。いま、あなたが率いる艦は全部で……十六ですか？　常識的に考えて、あなたがたは戦場を逃げ出した敗残兵です。みずから降伏の道を選ぶならともかく、こちらに降伏を勧めるとは。まったくもって悪魔を信ずるものの心は理解できかねます。わが艦隊が唯一正統なる神に代わり、鉄槌《てっつい》を下しましょう」

ソハイーラが笑った。

「帝国一億の神々を侮辱するとは愚かですね。戦神マルス、そして初代皇帝の加護を受けたわが艦隊が、嘘《うそ》っぱちの神ごとあなたたちを粉砕するでしょう」

艦橋クルーがいっせいに、ときの声をあげた。

「なんたる傲慢！　なんたる侮辱」ニコラオスが声を震わせた。「地獄で神の裁きを受けよ」

通信が終わった。

ぼくは、連合艦隊が全速で進み始めるのを感知した。

船体がバラバラになりそうなほどの速度で、こちらに向かってくる。

ソハイーラに、インカム越しに言った。

「うまくやりましたね。連中、カッカきてますよ」

彼女は首を横に振った。

「他人の信仰をバカにするのは、名誉ある振る舞いとは言えないわ」

「そのわりに、ノリノリだったみたいですけど」

「向こうが帝国の神々を悪魔呼ばわりするからよ！　わたしの遠い祖先たちを悪魔呼ばわりするなんて許せないわ！」彼女が艦長席の肘掛けを叩いた。

「あなたまで熱くならないでくださいよ」

「ごめんなさい」彼女が息を吐いた。「それで、確認だけど、本当にやるのね？」

「もちろんです」

ぼくはほかの艦に指示を送った。十時間後から、〇・〇〇一刻みで減速開始。十二時間後からは〇・〇一刻み。すぐに、了解の返事がくる。

ソハイーラが言った。

「あなたの度胸には恐れ入るわ。本当に元人間なの？　まさか、単艦で主要艦五十隻規模の敵艦隊に突っ込もうなんて」

「歴代皇帝は、戦闘時、つねに隊列の先頭にいたといいます。連合側も、ぼくが飛び出せば、当然それが旗艦であり、あちらの神を侮辱したあなたが乗っていると思うでしょう」

ぼくは、ホロシステムで彼女の前に星系内の艦船を表示した。双方が凄《すさ》まじい速度で近づいている。会敵は十三時間後だ。

ぼくはシミュレーションを進めた。帝国側の陣形から一艦が飛び出した。ぼくだ。ぼくは敵艦隊の間際で急ブレーキをかけ、敵陣形の上方に向かった。ひらりと連中をかわす。敵艦隊の約半数が回頭して、ぼくを追う。残りは、帝国艦隊の本隊とぶつかる。

ソハイーラが言った。

「こんなにうまくいく？　連中がわたしたちを追うために艦隊を分けるかしら？」

「それこそ神に祈るだけです。連中を分断できなければ勝ち目はゼロです」

「でも、うまくいったとしても、わたしたちは一艦で多数の艦を相手にするのよ」

「多ければ多いほどいいんです。それだけ、本隊が相手をする分が減るわけですから。仮に十六対二十五なら十分期待できますよ。なんなら、いまのうちに拝殿に行っておいたらどうです？　そのあとでご飯を食べて、仮眠しましょう。あと十時間以上もあるんです。身体を休めておかないと」

ソハイーラが身体を強張らせた。

「作戦行動中に、艦長が離席していいの？」

「ダメなんですか？」

彼女が笑った。

「あなたの言うとおりね。合理的に行きましょう。いざというとき、わたしの体力・気力が万全でないと、どんな判断ミスをするかしれないもの」

彼女はインカムを叩くと、館内放送で全クルーに呼びかけた。

「こちら、艦長。全員、千ポイントまでは準戦闘態勢とし、交互に休憩を取るように」

艦橋で、幾人かのクルーが驚いたように彼女を見た。ソハイーラは微笑《ほほえ》むと、滑るような動きで艦橋を離れた。

5

万神殿《よろずしんでん》は、艦橋の真下にある。艦内でもっとも守備力の高い位置だ。帝国の全艦船はここに神殿を配置している。

大きさは、ぼくの高校の教室ほど。円柱が円を描くように並んでいる。柱と柱の間には、帝国が祀《まつ》る一億の神々の中でも、とくに人気の高い十二神の像が置いてあった。色鮮やかな像は下からの光に照らされ、神々しく輝いている。

ソハイーラは、初代皇帝像の前に立った。分厚い胸板に、がっしりした肩、四角いあごと彫りの深い目鼻立ち。意志の強そうな青い瞳は、遥か彼方を見据えている。燃えるような癖っ毛の金髪が、頭の上で逆立っている。像の後ろには、宇宙を進む巡洋戦艦のレリーフ。彼の愛艦であったカプリコン、つまりぼくだ。

ソハイーラは胸元に拳を当て、こうべを垂れた。彼女以外、神殿には誰もいない。

ぼくは天井隅の監視カメラで、一人祈る彼女を見守っていた。

十分、二十分、どれほどそうしていただろうか。

彼女が顔を上げた。

「アサガヤシン、聞こえた?」

「なにがです?」

「初代皇帝の声よ」

「男性の音声は検出してませんけど」

「そうよね。わたしも、なにも聞こえなかった。初代皇帝が導いてくれればと思ったのだけれど」

ぼくは恐る恐る言った。

「礼拝を勧めたのは、映像記録に、過去の艦長さんたちが戦闘前にここに来る姿があったからなんですけど——その、みなさん、本気で祈ってるんですか?」

「もちろん本気よ。そうでないと、神々が応えてくれないもの。あなたも人間だったころ、そうしていたのではないの?」

彼女らは、星間文明を作るほどの科学力があるのに、心から神を信じているのか?

「あんまり信心深くないんで。正月は初詣、クリスマスにはパーティーするくらいですかね」

「クリスマス? なにそれ。ねえ、確認してなかったけど、あなたは何柱の神を信じてるの?」

「何柱？　初詣は神道だけど、クリスマスはキリスト教だし。ばあちゃんのお葬式は浄土真宗だったから。うーん、何柱て言うべきかなあ」

ソハイーラが微かに笑みを浮かべた。

「少なくとも複数の神を受け入れる文化があるのね。あなたが、連合のように唯一神を信じていたら、どうしようかと思ったわ」

彼女が、柱の土台に腰を下ろした。

「ねえ、聞かせてくれない？　あなたは自分を人間だと考えてるのよね？　あなたの記憶にある人生って、どんなふうなの？」

「急にどうしたんです？」

「わたしはあなたに乗艦し、自分の命を預けてる。そんな相手のことをよく知りたいと思うのは、普通のことでしょう？」

「そうですね、じゃあ、ちょっとだけお話ししましょうか――」

6

「待って！」ソハイーラが手を挙げた。「ひょっとして、あなたの故郷には宇宙船がないの？」

万神殿は相変わらず静かだった。微かにエンジンの唸りと振動が伝わっている。

「あるにはありますけど、惑星の大気圏を脱出するのが精一杯だったんです」

「植民艦が壊れて、本国との通信網もダウンしたということ？」

「違います。まだ宇宙に進出するだけの文明がなかったんです」

ソハイーラが頭を振った。

「では、あなたは自分が〝ホーム〟にいたというの？」

ぼくが黙っていると、彼女が続けた。

「わたしたち人類の故郷と考えられる惑星よ。遥か太古に記録から失われ、誰もどこにあるかわからない。あなたは、そこで学生として暮らしていたのに、気がつくと、いきなりＡＩになっていたというわけね」

「そういうことです」

彼女が白い手で額を押さえた。

「何者かが、あなたの人格をコピーしたのね。そんな大昔の技術でどうやったのかはわからないけど。それが、なんらかの理由でカプリコンに組み込まれた。うーん、わけがわからないわ。ただの学生の精神をコピーする？　いや〝ただの〟ではないわね。あなたは普通の人間なら発狂するほどの状況でも自我を保っている。〝ＡＩ人格になる才能〟があったのは間違いない」

「恐ろしくレアな才能ですね」

ソハイーラが笑みを浮かべた。

「あなたって、本当に変ね」

「自分じゃ、普通の人間なつもりなんですけど」

「そうではなくて、その、ＡＩなのにクオリアを持ってるみたいに感じるの」

「クオ――なに？」

「クオリア、一言で言うなら〝魂〟よ。一見、人間らしいＡＩを作るのは難しくないわ。単に既存の人物をマインドスキャンして、データを電子世界で再構成すればいい。でも、人間が、そうやって作られた人格と向き合うと、なぜか相手がＡＩだとすぐにわかるの。喋《しゃべ》り方や、態度、性格、なにもかもが人間そのもの、区別なんてつくはずないのに」

「なんでです？」

「クオリアがないからよ。帝国科学アカデミーによると、人間のクオリアは互いに高次空間でつながりあっているの。親族が亡くなったとき、どれほどの遠距離にいても、相手の死がわかることがある。数十光年離れていてもよ。これはクオリア同士が星系すら超えて超空間通信をしているからと考えられてるわ」

「それを使って、いますぐ帝国本星と通信できないんですか？」

「無理よ。クオリア研究は初代皇帝の時代に、人間が踏み込んではならない領域として禁止されたもの。連合のほうでも、クオリアは唯一神のものとして禁じられてるらしいわ」

ＡＩになってもクオリアを失わない。

これはある意味、不老不死ともいえるのではないだろうか。ぼくの魂は、このカプリコンの艦体が破壊されない限り不滅なのだ。まあ、十一時間後の会戦で、いきなり天国、もとい超空間行きになるかもしれないけれど。

ふいに疑問が頭をよぎった。

ぼくがぼくの精神のコピーなら、オリジナルの魂はどこに行った？　何万年も前に死んで、どこかへ消えたのか。ひょっとして、ぼくがこの身体で目覚めたとき、あの世から帰ってきたのか。

艦橋でＡＩ技官のヴェガが、ぼくに呼びかけた。

「アサガヤシン、どうしたの？　メモリ使用量が急上昇してるわよ？」

ぼくは自分の一部を艦橋に飛ばした。

この行為はどうなのか？　ぼくは意識を分割するとき、同時にクオリアも分割するのだろうか。

「究極的な疑問を考えていたんです」

ぼくの答えに、ヴェガがコンソールを叩いた。

「どんな問い？」

「人は不滅の存在になれるのか、ですよ」

「なれるわ」彼女は、あっけらかんと言った。「初代皇帝は神となり、いまも国民の心の中で生き続けてるわ。初代から八代．までは、みんな神様よ。さあ、そんな青春の悩みは脇《わき》によけて」

疑問に対するメモリ使用量が減り、その分が戦術分析に割り当てられた。いま、ぼくがいちばん考えなくてはならないことだ。人間の数万倍、いや、数十億倍、数兆倍の速度で、膨大な計算を処理し、敵艦隊の動きを予測する。

分析担当の若い男性士官に案を送ると、彼が自席で露骨に顔をしかめた。ぼくは彼に言った。

「艦長のプランが、気に入らないんですか？」

彼がうなずいた。

「これは帝国艦隊が取るべき行動ではないよ。君は、カプリコンから更新されたばかりでわかってないようだが、我々は銀河最強なのだから、つねに堂々たる戦いをしなくては」

「でも、シャカで負けたじゃないですか」

「あれは、連合が汚い手を使ったからだ。連中が戦士の誇りを捨てたとしても、我々まで捨てる理由にはならない。我々の高い練度、そして精神力があれば、本来、連中など敵ではない」

もう一人のぼくがデータをよこした。

連合が分裂したばかりのころ、両国の艦隊の力は拮抗《きっこう》していた。同じ帝国軍から別れたのだから当然のことだ。

その後、数百年が経《た》つと、帝国軍が有利になった。膨大な領地と経済力にものを言わせ、基本性能の高い艦船を量産したのだ。帝国艦は連合艦を圧倒した。倍の速度、倍の射程、倍のセンサー感度なのだから、当たり前だ。

連合は巧みな外交戦で危機を乗り越え、国力を高めた。両軍の艦船の能力は、再び拮抗したが、それまでに帝国はたいせつなものを失った。

戦術だ。

あまりにも長い期間、単純突撃だけで勝利できたため、歴史ある艦隊戦術が廃れたのだ。もちろん、カプリコンのような古代艦のライブラリや、帝国図書館には戦術指南書が山のようにあるが、参照するものは誰もいない。誰も、そんなものがあることすら知らない。

「厳しいこと言うようですけど、ここ十年の戦闘では、連合が、より多くの勝利を収めてますよ。正面からぶつかり合ったときは、若干、帝国有利ですが、それ以外はほぼ全敗です」

「バカな」

ぼくが勝率の推移をグラフ化すると、士官は黙り込んだ。

なんだか気の毒になって付け加えた。

「その、さっきの戦法は、二代皇帝の戦闘アーカイブにもありましたから、ある意味、伝統の戦い方ですよ」

「二代様の!」士官がうなずいた。「なるほど、そうか。それは、検討すべきかもしれないな」

7

ソハイーラが万神殿で笑った。

彼女の前には、いま、ぼくが話していた男性士官の映像が浮かんでいる。

「おかしい。二代皇帝を出したとたんに、ころり、なのね」

「印籠みたいですね」

言ってから、彼女が水戸黄門《みとこうもん》など見たこともないことを思い出した。

彼女が聞き返した。説明すると、彼女は不思議そうに言った。

「そのドラマ、五年ほど前に帝国ではやっていた『第九代ウェスパシアヌス』にそっくり。引退した帝国皇帝が、各地を渡り歩いてあくどい領主を成敗するの。お供は、超腕利きの元ロイヤルガード。かざすのは、皇帝印の入った儀礼刀よ」

「どこにでも、似た話はあるもんですね」

ソハイーラが首を横に振った。

「しかし、わたしもダメな艦長ね。部下を覗《のぞ》き見《み》するなんて」

ふいに、彼女から笑顔が消えた。

「あなたって、艦内のどこでも見られるのよね？」

「いちおうは」

「じゃあ、わたしの部屋も？」

「そりゃ、まあ」

彼女が天井を睨んだ。

「わたしが着替えたりしている様子も見ていたってこと？」

8

桜子が言った。

「わたし、戦国大名の子孫なんだ」

周りの生徒がざわついた。

ぼくのクラスは歴史の授業中だった。生徒たちは、六名ずつの班に分かれ、机をくっつけあって課題に向き合っていた。黒板には〝自分の家系図を作ってみよう〟とある。その隣には、担当教諭の甘粕《あまかす》先生が書いた、彼の家系図が描かれていた。甘粕喜左衛門《きざえもん》という紀伊《きい》の豪商から始まり、五世代を経て先生の名前が登場した。赤チョークでくくられ、わきに「これセンセイ！」と書き込んである。開け放した窓から、温かな風が吹き込み、壁から剝がれかけた交通安全の啓発《けいはつ》ポスターを揺らした。

桜子の友人である、国立由佳子《くにたちゆかこ》がくりくりした目を瞬《またた》かせた。

「嘘でしょ？　誰の？」

桜子が有名武将の名を告げ、教室全体がざわついた。

ぼくは思った。また夢だ。これは、四月頭の出来事だった。

由佳子が言った。

「すごーい！　でも、歴史の教科書にある肖像画と桜子、あんまり似てないね」

「むしろ、あんな変な絵に似てたらショックだよ。わたし、自分は△△に似てると思うんだけど。そうだよね、阿佐ヶ谷《あさがや》くん？」

「いや、どちらかというと○○に似てるような気がするけど」と、ぼく。

由佳子が笑った。

「いや、それはほめすぎってもんでしょ」

「ほめすぎじゃないでしょ！」

桜子が笑いながら由佳子を叩いた。

このとき、ぼくは人気の若手女優の名前をあげた。芸能界に疎いので、それくらいしか知らなかったというのが本当のところだが、おかげで、以降、桜子との距離がグンと縮まった。

だが、いま改めて夢に見直すと、彼女は見知った誰かに似ている気がする。授業の際は、まだ出会っていない誰かに。

9

「アサガヤシン、メモリの一部が遊んでるわよ。集中しなさい」

艦長席のソハイーラが、ヴェガからの状況報告を見て言った。声に怒気がこもっている。

一瞬、彼女の顔が桜子にダブった。

意識が現実に戻る。ぼくの身体は巡洋戦艦となり、膨大なデータが押し寄せてきた。船殻の修復状況、質量弾の残数、星系内の敵艦配置、救護室の天井臭気センサーが感知したディアルソン少尉の腋臭《わきが》、艦内厨房《ちゅうぼう》におけるガラムシード——惑星ハレム産のヒマワリに似た花の種を、醬油《しょうゆ》そっくりの調味料につけたもの。良質の携行食——の貯蔵・保存状況。

ぼくはインカムに言った。

「まだイラついてるんですか？　何度も言ってますけど、あなたの裸は見てませんて」

「なら何度でも指摘するわ。あなたは艦内のどこでも見られる能力があるのでしょう？　それで見ていないですって？　無理のある話ね」

「見てないです」

　本当は見ている。

　保安部の指示を受けて、彼女を二十四時間監視しているのだ。だが、ぼくとて最低限の礼儀は持ち合わせている。彼女がプライベートな時間を過ごしているときは、赤外線モードにしていた。

　まあ、ぼくだって健全な高校生だ。女性の裸に興味がないわけではないが、それなら男性クルーの個人ファイル内にある、未ロックのエロ動画を見れば済む。わざわざ超発展途上のソハイーラをのぞこうはずがない。まあ、モード切り替えが間に合わなかったことはなくもないけれど——。

「だいたい、あなたは、ぼくのことをＡＩだと思っているんでしょう？　それなら、仮に見られていたとして、なんの問題があるんです？」

　ソハイーラが口ごもった。

「それは、その、あなたからはクオリアを感じるんだもの。それって、つまり同年代の男の子に見られてるのと同じなのよ！」

「だから、見てませんて」

「いい？　艦長命令よ。今後、わたしの部屋をのぞくような真似はいっさい許さないから。もし、したら、即座に思考刑よ」

　彼女はそれだけ言うと、通信を切った。

　ぼくは怒りと後ろめたさを感じていた。確かに彼女の部屋を見たこともあるが、あくまでも保安部の要請を受けてのものだ。覗き魔のように言われて、じつに心外だ。

ソハイーラは、艦長席に身を沈め、形のよい眉をひそめていた。

彼女が艦長専用の秘密回線でヴェガを呼び出した。艦ＡＩにも記録されない特殊回線だが、ぼくは艦橋映像を分析することで、彼女らの唇を読むことができる。

ソハイーラはこう言った。

「アサガヤシンが、彼の言うように人間だった可能性はある？」

ヴェガが自席で個人用遮音フィールドを張った。艦橋の何ヵ所かにある、監視カメラと聴音マイクを横目で見る。

「ないですね」

ソハイーラが、ぼくが〝ホーム〟出身ではないかという推論を披露すると、ヴェガは首を小さく横に振った。

「ホームは遥か太古に消滅しました。何千年、何万年にもわたり、何十億人というトレジャーハンターたちが挑んできましたが、その痕跡を発見することすらできません。古代戦争の際、なんらかの超兵器で惑星ごと破壊されたというのが、一般的な見方です」

いま、ぼくには内臓が存在しないが、代わりのなにかがギュッと収縮した。反応炉だったのか、腹の底でエンジン技師たちが騒いだ。

地球が、なくなった？

これまで見て見ぬふりをしてきた現実が、ずしりとのしかかった。

父さんも母さんも、友達も、先生も、遥か昔に死んだ。誰一人残っていない。みんな、遠くに行ってしまった。ただ、それでも心のどこかに、彼らはいまも地球にいて元気に暮らしている、そんなふうに考えている部分があった。ぼくから届かないところにいるだけで、みんな元の場所にいる。

その、元の場所すらなくなっていた。

この世界には、ぼくの友達は誰もいない。

知り合いもいない。

孤独感が襲ってきた。

無限の宇宙の中、ぼくはひとりぼっちだった。

10

ヴェガが言った。

「艦長、すみません。緊急です。アサガヤシンの調子が――」

彼女が手元のコンソールを操作すると、いくつものホロが浮かび上がった。ぼくの心理的負荷を表すグラフだ。真横に進んでいた赤い線が、いきなり急降下して地の底を這《は》っている。

あまりのストレスに、艦のコントロールにまで影響が出ている。補助エンジンの出力が不安定になり、走らせていた戦闘シミュレーションがフリーズし、いくつものセンサーが誤作動する。

彼女が言った。

「アサガヤシン、大丈夫？」

ぼくは声を絞り出した。

「〝ホーム〟がなくなったって、本当ですか？」

彼女が顔をしかめた。

「聞いてたのね」

「本当なんですか？」

彼女がうなずいた。

「本当よ」

ぼくの心理グラフが、さらに一段下がった。

ヴェガが焦ったように言う。

「ちょっと！　元気出して！　それ以上、悪化すると〝殻〟にこもって出てこられなくなるわよ」

「ぼくは大丈夫です」

「嘘言わないで。診断プログラムを走らせてるから、あなたの心理状態はよくわかるの。よかったら話して。なんで、そんなに落ち込むわけ？」

ぼくは五分ほど沈黙してから、さきほどの考えを話した。

ヴェガがうなずいた。

「ホーム、いえ、地球がある、ということが、あなたの生きる〝よすが〟になっていたわけね」

「でも、大丈夫ですから」

そう言った矢先に、照明システムが暴走した。艦橋の灯がついたり消えたりする。

艦橋のクルーが不安げにざわついた。

ヴェガが目を閉じて、また開いた。

「こう考えて。地球は消えたけど、そこにいた人々の子孫は、いまも生きている。あなたの家族や友達の遺伝子も受け継がれている。そう考えたらどう？」

ぼくは艦長席を見た。

ソハイーラが、不安げにヴェガのほうを見ている。

彼女がインカムでヴェガを呼び出した。

「アサガヤシンの調子はどう？　その、ひょっとしたら、わたしが怒りすぎたのが原因かも」

「怒った？」

「わたしの部屋をのぞいてるのかと思って」

ヴェガが首を小さく横に振った。

「安心してください。彼の不調は艦長のお叱りとは無関係です。いえ、むしろ、もっと叱るべきです。そのほうが、彼の精神も安定するでしょうから」

「叱ることで？」

「彼は寂しいんです。たとえ、マイナスの関わりかたであれ、他人との接触、つながりは非常に有用です」

「なら、もっと積極的にいくわ」

「その調子です。彼は叱られれば、叱られるほど喜びます」

ぼくはヴェガのコンソールを操作し、彼女の眼前にホロ文字を浮かび上がらせた。

〝適当なこと言わないでください〟

彼女が文字を打ち返す。

〝男はみんな、女王様が大好き〟

「アサガヤシン！」

さっそく、ソハイーラがぼくを呼んだ。

「なんです？」ぼくはインカム越しに答えた。

彼女が言った。

「友達になりましょう！」

「は？」

ソハイーラが口ごもった。

「だ、だから、その、わたしと友達になりなさい！　と言ってるのです」

「いや、なんでそんな急に――」

「なぜって――」

彼女が横目でヴェガを見た。

だが、ぼくとの会話はインカム通話だったため、ヴェガにはなにが起こっているのかわからない。ヴェガが肩をすくめた。

　ソハイーラが言った。

「わたしが寂しいからです！　わたしは、つい先日、兄二人を失い、また別の兄に命を狙われました。とても傷付いているのです。この孤独な魂を慰めるには、人との触れ合いが必要なのです。とはいえ、艦長であり、艦隊指揮官のわたしは部下たちに心を開くわけにはいきません。ですから、あなたに友達になってほしいのです」

　さきほどのヴェガの分析だ。ソハイーラは彼女なりのやり方で、ぼくとのつながりを強めようとしている。

「お気持ちは嬉《うれ》しいです。演技はワザとらしいですけどね」と、ぼく。

　彼女が苦笑した。

「まるきり演技というわけでもないのよ。ただ、皇族として、弱みを表に出さない生活が板についてしまっているの。ともかく、あなたはわたしの友達だし、わたしはあなたの友達。いいわね？」

　こんな茶番でなにか変わるのか。

　一瞬、そう思ったが、ぼくの深層心理はそうでもなかったらしい。ヴェガの前に浮かんでいたグラフ線が、ゆっくり上昇しはじめた。

　たった一人、友達がいる。

　それだけで、ずいぶん救われたようだ。

　艦のコントロールは安定し、ぼくは艦隊陣形から外れかけていた船体を、元のポジションに戻した。質量弾砲塔を敵艦隊に向け、反応炉の出力を三十二パーセントで固定する。速力は〇・一光速。数時間後に会敵する。

ヴェガが言った。

「アサガヤシン、艦長になんと言われたの？　急によくなったじゃない」

「意地悪で、役に立たないAI技官はクビにしましょう！　そう言ってました」

ヴェガが頭の上で両手をひらひら振った。「まあ、あなたの心理負担を減らせてないのは申し訳なく思ってるのよ。ただ、あなたって、普通のAIじゃないから」

「人間ですから」

「いえ、わたしが言いたいのは記憶ハードのこと。そもそも、カプリコンがそうだったけど、総容量がおかしいのよね」

「おかしい？」

「ぱっと見は、標準的な戦艦AIと同じ。でも、潜ったときの手応えが妙に深いのよね。検知できないドライブが混ざってるみたいなの」

「それって問題あるんですか？」

「大ありよ。未承認のドライブが混ざっていると、やがて記憶の統制が取れなくなって――」

ぼくは彼女の言葉を受けた。

「人格障害になるとか？」

「あなたがその結果というわけではないのよ。仮に人格に問題が生じても、カプリコンに類似したなにかになるはず。あなたは、彼とは別個の存在だもの」

「じゃあ、ぼくはなんなんです？」

「わたしもそれが知りたいの」ヴェガがコンソールを叩いた。「あなたは艦隊が窮地に陥り、艦内でテロが起こったタイミングで出現した。はじめは建設用の仮ＡＩかと思ったわ。でも、仮ＡＩに自分を人間と思わせる必要なんてない。おまけに、あなたは自分が〝ホーム〟にいたというわけ。どこから〝ホーム〟なんて発想が出てくるわけ？」

「ほんとにいたんだから、仕方ないでしょう」

ヴェガが宙に手を振った。ホログラムの図表が縮小し、代わりにとてつもなく巨大な軍港のホロが現れた。シャカ星系にあった連合最大の造船施設よりもなお大きい。一つの衛星に匹敵するほどの軍事ステーションが、青い地球型惑星を背景にゆっくり回転している。

「突き止めるには、帝国本星のドックに入るしかなさそうね。ここの設備ならドライブの奥底まで浚《さら》えるから、あなたの正体をハッキリさせせられるわ」

第三章　ＡＩ戦闘ローマ式

1

「突き止めるには、帝国本星のドックに入るしかなさそうね」

ぼくは数時間前のヴェガの言葉を反芻《はんすう》していた。

帝国本星のドック。そこに辿《たど》り着《つ》ける可能性は、もはやゼロに等しい。

考えている間にも、ぼくの第二補助エンジン、さらに第三補助エンジンが火を噴いた。凍り付いたカッセンブローオイルの塊が、煌《きら》めきながら恐ろしい速度で真空に散らばっていく。砲弾格納庫で爆発が起こり、上部装甲が内側からはじけ飛ぶ。脱出カプセルが、クルーを目一杯詰め込み、次々に飛び出した。

真横を航宙する戦艦ガリバルディが、腹を開き、牽引《けんいん》ビームでカプセルを回収していく。艦ＡＩの〝ガリバルディ〟が同情の念を寄せた。ぼくは感謝を返した。彼が駆けつけてくれたおかげで、クルーを死なせずに済んだ。

ぼくの反応炉は安定性を著しく欠いている。出力百パーセントまで上昇したかと思うと、次の瞬間には〇パーセント付近に落ちる。そしてまた最大出力。艦内の重要器官を複数、質量弾に貫かれたせいだ。

背中や腹の大穴から、空気が真空に漏れ出している。艦橋はじめ、内部の平均酸素濃度は二パーセントまで落ちている。生きている吸気システムをフル稼働させているが、クルーの脱出時間まで持たせるのが精一杯だ。

まともに稼働している唯一の砲塔が、敵艦隊に向かって、最後の咆哮《ほうこう》とばかりに砲弾を放った。敵戦艦の質量弾が、救助作業中のガリバルディの防御フィールドを掠《かす》めた。フィールドが衝突エネルギーを光に変換し、線香花火のような、華麗な煌めきが広がった。

それた砲弾は、宇宙を漂っていた連合の遺棄戦艦に激突した。わずかばかり残っていた装甲板を吹き飛ばし、艦首にめり込む。できたばかりの大穴は静まり返っている。通常艦のように内部の空気や燃料が漏れ出ない。空っぽなのだ。

その何百年も前の遺棄艦が、微《かす》かに身じろぎした。

驚いたことに、駆動系の一部は生きているらしい。衝撃でズレた艦体を、ＡＩが果てしなく続く遺棄艦の隊列に戻した。

ぼくの腹の中では、クルーたちが走り回っている。みな、手近な脱出カプセルや格納庫の突撃艇に飛び込んでいく。艦橋からはすでに人気《ひとけ》が消えていた。操艦、探査、戦術などの各部署のコンソールでは、作業途中だったホロが静かに浮かんでいる。ホロの最前列には、退艦！の文字がでかでかと点滅していた。

艦長席も空だ。

「うまくいくかしら？」

また、声が聞こえた。

記憶野の底から、泡のように浮き上がり意識に触れてパチンと弾《はじ》ける。

2

「うまくいくかしら？」

ぼくは、ソハイーラの問いに答えた。

「あとは信じるだけですよ。敵艦隊まで、残り十分です」

連合の大部隊が、全速力で突っ込んでくる。帝国艦隊も最大戦速だ。このままいけば正面からぶつかり合う。帝国の艦長たちが得意とする、勇猛果敢な戦い。だが、敵の主要艦数はこちらの倍以上だ。

ぼくは帝国艦隊に、一分刻みで〇・〇一ずつ速度を落とすよう告げた。

逆に、ぼく、アサガヤシン＝カプリコンは速度をわずかにあげた。元のスピードが、光速の二十分の一という、人知を超えた速さだったため、ぼくはみるみるうちに味方艦を引き離した。

ぼくを頂点とする円錐《えんすい》のトゲが伸びていく。

ソハイーラに合図すると、彼女はインカムを叩《たた》き、帝国艦隊に呼びかけた。ぼくは暗号化せず、電波をそのまま発信した。

「偉大なる帝国に栄光あれ！」

連合艦も、いまの映像の発信元が、先陣を突っ走る艦からとわかったろう。そして、十三時間前、彼らの神を侮辱した帝国の姫が乗っているということも。

ぼくは補助エンジンをふかすと、急制動をかけた。艦橋、歩兵たちの待機室、エンジンルーム、あらゆる箇所でGが働き、クルーたちが座面に押し付けられる。船体が軋《きし》んだ。慣性補正装置でも打ち消せないほどの力が暴れまわる。

ぼくは艦首を上方へ向けると、無理やり針路を変更した。

同じく、帝国艦隊本体も針路を変更した。フォークボールのように下方に曲がっていく。

敵艦隊の動きが鈍った。敵の大部分は、帝国艦隊本体を追おうとしているが、敵の円錐陣形のうち、頂点から三分の一はぼくを追いかけている。

要《よう》は、こうだ。

連合艦隊は密集していたとはいえ、宇宙空間ゆえ艦同士の距離はかなりのものだ。陣形の最前列の艦は、ぼくの動きをキャッチし、帝国艦隊全体が上方へ動くと判断、ただちに追跡に入る。そこから、前列、中列、後列の艦たちが、陣形を崩さないよう気を付けながら後に続く。が、途中で、帝国艦隊の大部分が下方に動いたと情報が入る。以降の艦は、ぼくを無視して本隊を追いかける。

むろん、ぼくについてくる連中も、すぐに誤りに気づいたろうが、引き返して連合艦隊の最後尾につくより、憎らしい帝国艦隊の指揮官を藻屑《もくず》にすることを選んだのだろう。連合艦隊の指揮官も容認したようだ。

いまのところ、こちらの作戦どおり。

そう思ったとき、センサーが、僚艦の異常行動を感知した。

思わず目を剝《む》いた。

外殻上にある超高性能レンズが、重巡洋艦ゴライアスに注目する。

ゴライアスは、まっすぐ敵艦隊目がけ突っ込んでいた。帝国魂を示そうとでもいうのか。

敵本隊から、一部の艦がゴライアスに対応すべく艦首の向きを変えた。結果、ゴライアスは四隻の重巡と三隻の巡洋戦艦の間に飛び込んだ。

質量弾の射程に入るや、ゴライアスは狂ったように撃ちまくった。敵艦のシールドが激しく輝く。砲弾の一発が、敵重巡のシールドの隙間をすり抜け、船腹に食らいついた。重巡が激しく振動し、複数の砲塔が沈黙した。

ゴライアスのターンはそこまでだった。

敵の巡洋戦艦がゴライアスを包むように動いた。巡洋戦艦のフィールドは、戦艦のものほどではないが、強力だ。ゴライアスの砲弾やミサイルは敵の装甲まで届かない。

一方、敵は雨あられと砲弾を浴びせた。たちまち、ゴライアスのフィールド発生器が負荷に耐えかねて爆発した。フィールドの消えた艦船は、銃弾に裸で立ち向かうがごとしだ。質量弾が装甲にめり込み、艦内へ突き進む。気化した金属がガスとなって傷口から吹き出した。砲弾の一発が致命的なパイプを貫いたのか、ゴライアスの右舷装甲が膨らみ、中身が炎とともに吹き出した。ぼくのレンズは宇宙に放り出されるクルーの姿を捉えた。

エンジンが吹き飛び、ゴライアスの船体は制御を失った。くるくる回り始める。連合艦は容赦なく砲弾を浴びせ続け、ついにゴライアスの反応炉信号が途絶えた。残骸となったゴライアスは、ふらふら宙を漂い、星系の端に並んでいるスクラップ艦の群れへ近づいていった。

「なんてこと」ぼくの艦長席でソハイーラが呟《つぶや》いた。胸元で指を動かす。神々に戦士の魂を送るためのしぐさだ。

同感だ。愚かな艦長の指揮により、何人のクルーが犠牲になったのか。

もう一人のぼくが瞬時に答えを出す。標準型重巡洋艦のクルーは約二百七十名。

悼《いた》んでいる暇はない。

連合艦隊は、こちらの思惑どおり二手に分かれた。ぼくを追いかけるのは、足の速い巡洋戦艦を中心とした部隊だ。主要艦はおよそ十七隻、残りは帝国艦隊本体を追っている。

帝国艦隊は事前の指示どおり、フルパワーで下降している。反応炉がオーバーヒートしかねないほどの加速だ。鈍重な戦艦さえも、駆逐艦並みの速度を出している。連合艦隊が、彼らを砲の射程距離に捉えるまで、いましばらくかかるだろう。

一方、ぼくを追いかける巡洋戦艦の群れは、陣形を解いた。各艦がバラバラに迫ってくる。陣形を保っていては、もっとも遅い艦の最高速度までしか出せない。艦のエンジン出力には個体差があるので、各個攻撃にすれば、足の速い艦は能力を存分に活《い》かせる。

実際、三隻の巡洋戦艦と五隻の軽巡洋艦が近づいてきた。

軽巡洋艦の一隻が頭一つ抜け出す。是が非でも一番槍《いちばんやり》をつけようというのだろう。

互いに砲の射程距離に入った。

殴り合いのスタートだ。

3

軽巡洋艦の放った三発の質量弾が向かってくる。人間が砲撃システムを主導してるわりに正確な狙いだ。普通なら艦の針路を変更して回避するところだが、そうすると速度を失い、追いかけてくる巡洋戦艦の集団に捕まってしまう。

ぼくは防御フィールドを変形させた。

AI規範に縛られない、ぼくならではの技だ。フィールドは、本来、艦を球体に包むことしかできないが、ぼくは傾いた板状に展開した。砲弾はフィールドに激突し、力場に沿うように進んで、外宇宙の方角に消え去った。

ぼくも三発撃ち返した。

砲術手と連携し、テンポよく発射する。一発目が、軽巡洋艦のフィールドに負荷をかける。二発目も命中、命中箇所は一発目とまったく同じ箇所だ。フィールドの負荷が限界を超え、命中箇所周辺の力場が消えた。そこに、三発目が入り込んだ。船体を貫き、反対側から飛び出す。

軽巡洋艦は傷口から炎を吹き出し、篝火《かがりび》のごとく輝いた。脱出カプセルが次々と船体から飛び出していく。

軽巡洋艦の破片の雲を突き破り、巡洋戦艦が近づいてきた。

ぼくは射程に入るや否や五発の質量弾を放った。四発で防御フィールドに穴が空き、最後の一発がメインエンジンを直撃した。推進システムがダウンし、巡洋戦艦が下がっていく。

さらに来た二隻の巡洋戦艦が、エンジンを失った僚艦の下を潜《くぐ》ろうとする。ぼくはそのタイミングで、死に体《たい》の巡洋戦艦の反応炉を撃ち抜いた。大爆発が起こり、巡洋戦艦の残骸が接近していた二隻に降り注いだ。防御フィールドが焼き切れて、船体表面の砲塔が綺麗にそぎ落とされた。

ぼくの艦橋で歓声があがった。

砲撃手が、隣席の仲間たちから肩を叩かれた。

ソハイーラが満足そうにうなずいた。

「みごとね」

さらに巡洋戦艦五隻を沈め、三隻に大ダメージを与えたところで、敵艦が、ぼくの射撃精度に対応してきた。小刻みな針路変更を繰り返し、質量弾の着弾点が防御フィールドの一ヵ所に集中するのを防ぐ。さらに、単艦での追撃を中止し、陣形を組み始めた。どうやら、一対一では遅れをとることに気づいたらしい。

勝負はここからだ。

そう思ったところに、もう一人のぼくが警告をよこした。見れば、帝国艦隊本隊が敵本隊に追いつかれそうになっている。足の速い駆逐艦の群れが、艦隊最後尾の戦艦群に食らいついていた。

駆逐艦の攻撃は、防御力の高い戦艦にとって、ビンタ程度にすぎないが防御フィールドへの負荷は確実にたまる。反応炉はフィールドにエネルギーを回さざるを得なくなり、エンジン出力が落ちる。敵艦隊に呑《の》み込《こ》まれるのも時間の問題だ。

戦況スクリーンを睨《にら》みつけていたソハイーラが言った。

「回頭させて、正面からぶつける？」

「まだ早いでしょう。超空間通信を用いても数秒はタイムラグが出るので、うまく指揮できるとは思えません。合流するまで、正面決戦は控えてもらわないと」

ぼくはソハイーラの名前で、臨時旗艦としたガリバルディに指示を送った。

帝国艦隊本体は、蛇のように身をくねらせると、針路を変更した。まっすぐに星系内のデブリゾーンを目指す。船の墓場、修理不能な艦船の放棄領域だ。数百隻の〝ゴミ〟が漂っている。大半の船は装甲すらなく、肋骨《ろっこつ》のような構造材が剝き出しになっている。

艦隊はデブリゾーンに入るや散開した。遺棄艦の間を縫うようにして散らばっていく。

連合艦隊はゾーン手前で停止した。敵司令官は迷っている。陣形を解いてゾーンに入るか否か。

その隙に、ぼくはデブリゾーン目がけ突っ走った。

ぼくを追跡していた部隊は、陣形を組んだまま、のろのろと方向転換した。ぼくを追いかけるには陣形を解くべきだが、また各個撃破されるのを恐れている。

ぼくがデブリゾーンに入ったところで、ガリバルディのコリオン艦長が、ソハイーラに通信をよこした。

ホロ映像が艦長席の前に浮かぶ。

「はっは！　殿下の作戦がみごとに当たりましたな！　いや、それにしてもおみごとな操艦ですぞ。あれだけの数の巡洋戦艦を一隻で沈めてしまうとは！」

彼女がうなずいた。

「あなたたちもすばらしかったわ。よく敵の攻撃を凌《しの》ぎきりましたね。ただ、ゴライアスは残念でした」

コリオンの表情が沈んだ。「ゴライアスのポンテックス艦長は、質実剛健な武人でしたが、それが裏目に出たのでしょう。姫の下知《げち》に従わず、あのような真似《まね》をするとは」

「艦長たちが、わたしに素直に従えない気持ちもわかります。なんと言っても、わたしが戦場に出たのは今回が初めてですから」

「しかし、いま、姫はまたしても恐るべき才能を発揮なされた。これで、姫が落とした主要艦は、シャカ星系から数えて十隻を超えたのでは？　艦長たちへのよいアピールになりましたぞ」

「そうだといいのだけれど。正直、この先の艦隊指揮は、コリオン艦長、あなたにすら不安を与えると思うわ」

「姫、わたしは姫に命を捧《ささ》げておるのです。どのような戦術であれ、臆したりはいたしませぬぞ」

デブリゾーンの外では、連合艦隊が円錐陣形を維持したまま、行きつ戻りつしている。茂みに逃げ込んだ獲物を待つ肉食獣のようだ。

デブリの中へ追いかけてくるには、陣形を解かねばならない。そうすると、帝国艦船と連合艦船は、おおむね一対一となる。デブリを盾にしての撃ち合いだ。当然、艦数の多い連合が有利だが、こちらを全滅させるまでに、連合側にも大きな被害が出る。

連合にとっての理想は、帝国艦隊が陣形を組み直し、会戦に応じることだ。

むろん、ぼくとて望むところだ。

敵の本隊の主要艦数は、こちらの二倍にまで減った。重巡以下の数は一・七倍。これなら勝ち目もある。

ぼくは各艦に、もう一人のぼくとともに練りあげた戦術プランを送信した。

すぐに巡洋戦艦ミネルヴァのファティマ艦長が通信をよこした。ショートカットのファティマが、ソハイーラの前にホロ映像として出現する。

「殿下、プランを拝見いたしました」

「どう思う?」

「失礼を承知で申し上げると、自殺行為かと」

4

「このような作戦、聞いたことがありません!」

ソハイーラの艦長席の前で、人形ほどの大きさのホロ映像が言った。巡洋戦艦パレストロのメルタナ艦長だ。四十代前半の女性艦長。歴戦の勇士で帝国銀星章を七回も受けている。

ソハイーラの眼前には十六のミニホロが並んでいる。帝国艦隊に残った主要艦の艦長たちだ。さらに百を超える、より小さなホロが周りを囲んでいる。これは重巡以下の船の艦長たちだ。

戦闘行動中のため、会議は艦長席で開かれた。通信セキュリティは、会議室を使うより落ちるが、敵が、いつどのように仕掛けてくるかわからない状況では、致し方ない。

戦艦ガリバルディのコリオン艦長が言った。

「怖気付《おじけづ》きよって。帝国軍人ともあろうものが嘆かわしい。確かに前例のない作戦だ。だからといって、失敗するとは限らん」

「まさか」メルタナが憤慨した。「わたしが怖気付くですって？　逆です。わたしは死ぬことなど恐れません！　ただ、無駄死にはごめんだと申し上げたいのです」

ファティマ艦長が言った。

「ゴライアスのように、勇敢に散りたい、ということですか？　あれこそ犬死にですよ」

「大尉！」ソハイーラが諫《いさ》めた。艦長たちがうなずく。

もう一人のぼくが思った。ゴライアスはなんの役にも立たず塵《ちり》となったが、死者を侮辱するのは戦士の心意気に反する。艦隊で死んだものは、神々に導かれ、高次元から我々を見守ってくれるのだから。

メルタナ艦長が言った。

「確かに、姫はカプリコンの扱いについて非凡なところがある。そこは認めます。イムマク皇子の裏切りに正面から立ち向かう勇気、その高潔さ。尊敬すべき方です。しかし、だからといって艦隊戦については素人ではないですか！　このような策がうまくいくとでも？　我々の艦は、帝国市民と元老院から託された剣です。振るうのは、振り方を知るものに任せるべきです」

「つまり、あなたが艦隊司令官になるべきと？」と、ファティマ艦長。

「そこまでは言いません。もちろん要請があれば受けますが、能力があるなら、わたしでなくともよいのです。コリオン艦長、あなたではいかがでしょう」

艦長たちの三分の一近くがうなずいた。コリオンは、生き残りの艦長の中では最先任の士官だ。幾多の戦場を、伝説的戦艦ガリバルディとともにくぐり抜けてきた。

メルタナ艦長が続けた。

「コリオン。あなたほどの方が、なぜ、このような作戦に乗り気なのか理解できません」

コリオンが頭をかいた。

「確かに、姫君は実戦経験が少ない。だが、将の器は十分証明しておられる。あのシャカ星系から我々がここまで生き延びることができたのは、姫のおかげだ。諸君は、姫の作戦を、すぐ理解できたか？　姫のような発想ができたか？　わしはできやせんかった。軍神の考えを読み解くなど、凡人には無理だ。ここまできたら、わしは姫を信じる。皇帝の血筋を信じる！」

「もっともです」ファティマ艦長がうなずいた。「剣はカエサルに託す。かつての帝国市民が選んだ道です。我らも先祖に倣いましょう」

コリオンの言葉がベテラン艦長たちに響き、戦時昇進した若い艦長たちはファティマに同調した。

メルタナを含め、まだ納得していないものもいるが、彼らは言葉を呑み込んだ。ソハイーラが最後に活を入れ、会議は終了した。ホロが次々に消えていき、二つが残った。

コリオンとファティマだ。

ソハイーラが二人に頭を下げた。

「おかげでうまくいったわ」

ファティマが手を振った。

「やめてください。殿下の作戦はすばらしいものです。時間をかけて説明すれば、わたしたちがそうだったように、皆も納得したでしょう。ただ、その時間がなかっただけです」

「さよう。殿下と帝国のためとあらば、このような芝居、苦ではありませぬ」と、コリオン。

ファティマが横目で彼を見た。

「いいえ、コリオン艦長に演技してもらうのは今回限りのほうがよいでしょう。少々演技に力が入りすぎていたようですから」

「そ、そうか?」コリオンが白髪頭をかいた。

ソハイーラがクスリと笑った。

5

ぼくたちはデブリを抜けると、再び円錐陣形をとった。

帝国伝統の陣形だ。円錐の頂点を槍の穂先として、敵の陣形を切り裂き、粉砕する。

一方の連合も、同じ円錐陣形をとった。

主要艦の数、重巡以下の艦数ともに連合が上回っている。同じ陣形でぶつかり合えば、数の多いほうが勝つ。当たり前の話だ。

それでも、ぼくは円錐陣形を選んだ。

ぼくは自らを円錐の頂点に置き、ゆっくりと艦を進めた。

帝国艦隊と連合艦隊、二つの円錐がじりじりと近づく。

一見、同じ陣形だが、異なる点もある。

連合艦隊は、円錐の頂点に、足が速く攻撃力のある巡洋戦艦を集めている。その周りに駆逐艦、軽巡洋艦、重巡洋艦、戦艦、円錐の裾野に近づくほど足の遅い艦になっていく。比較的オーソドックスな円錐陣形だ。

一方の帝国艦隊は、円錐の最頂点こそ巡洋戦艦のぼくだが、ほかは戦艦で固めてある。防御力の高い艦が円錐上部に集まり、裾野に巡洋戦艦や駆逐艦を並べてある。また、連合の円錐と異なり、こちらは〝中身〟がない。艦が不足しているので、円錐の表面を形作るのがやっとなのだ。

「聞かないんですか？」

ぼくはソハイーラのインカムに言った。

会敵までまもなくだ。艦橋は息苦しさを感じるほどの緊張感に包まれている。クルーたちは手で呪いを切り、思い思いの神々に勝利を祈っていた。

「なにを？」と、ソハイーラ。

「いつも作戦行動の前に言ってたじゃないですか。本当にこれでうまくいくの？　とか、これでよかったのかしら？　って」

「堪《こら》えているのよ。少しでもあなたの負担を減らしたいの」

もう一人のぼくが言った。

「あなたが艦長席にいるだけで、ぼくの心理的負荷は下がってます。行動に皇族のお墨付きを得てるわけですからね」

「そう言ってくれるとありがたいわ」

まあ、本当はそこまででもない。

もう一人のぼくが、心の中で言った。

ＡＩ規範に縛られたカプリコンならともかく、ぼくは彼ほど規範の影響を受けない。ソハイーラがいることによるパフォーマンス向上は二パーセントほどだろう。

それだけあがってるなら十分じゃないか。

ふと思った。

ぼくは二パーセントという数字が大きなものだと捉えた。一方、〝もう一人のぼく〟は二パーセントを小さな数字と捉えた。

同じぼくなのに、同じ物事に対する思考が異なるということがあるのだろうか。

あるよ、と、もう一人のぼく。

なぜなら、もう一人のぼくは、同じ〝ぼく〟ではあるがカプリコンの知識に、ダイレクトにアクセスできるからだ。

カプリコンの知識量は、人間の精神が正面から処理できる範囲を遥《はる》かに超えている。そこで、ぼくはAIとして目覚めた瞬間、もう一人の自分を作った。通訳兼秘書のような自分だ。ぼくが望めば、ただちに知識を検索し、答えを用意する。もはや、カプリコンと融合したぼくともいえる。はたして、彼は本当にぼくといえるのだろうか。

より深く考えたかったが、急ぎ戦場に意識を戻した。

怒り狂う連合の槍の穂先が、まさに突き刺さらんとしている。

ぼくは身体を回すと、エンジンを敵艦隊に向けた。推力を全開にする。慣性補正装置が唸《うな》りをあげ、吸収しきれないGがソハイーラやヴェガを座席に押し付けた。一瞬置いて、再び回頭し、船首を連合艦隊に向ける。船首の姿勢制御スラスターを使い、後進する。

ぼくの後ろを航宙していた、戦艦ガリバルディ、ラム、スキピオが、一呼吸置いて同様の動きを取った。彼らが、ぼくに並びかけ、円錐の頂点が潰れた。

彼らの後に続く重巡航艦も同じ動きをする。回頭して逆噴射し、また頭を連合に向ける。そしてスラスターによる後進。重巡たちの逆噴射時間は、ぼくや戦艦より短く、その分、連合艦隊側に寄った。

戦いを外から見ていれば、円錐同士がぶつかった直後、片方の円錐がアメーバのように形を変え、もう一つの円錐に覆いかぶさっていくように見えたろう。

連合艦隊の穂先をなす巡洋戦艦たちが、猛烈な砲撃を浴びせてきた。質量弾の雨が降り注ぐ。ぼくは反応炉のパワーを絞り出し、そのほとんどを防御フィールドに回した。質量弾の持つ運動エネルギーが、防御フィールドにぶつかり、四尺玉の打ち上げ花火のように輝く。華麗で美しく、やむことを知らない。

フィールドの負荷が凄《すさ》まじい勢いで高まっていく。敵の攻撃はぼくに集中していた。旗艦だと知られているのだから当然だ。また、敵は、ぼくを吹き飛ばせば、こちらの陣形が崩壊するとわかっている。ぼくが轟沈《ごうちん》した瞬間、槍の穂先が帝国艦隊を突き抜け、連鎖的に艦隊は砕け散るだろう。

五発の質量弾が同時に激突し、フィールド発生器の一つが耐えきれずに爆発した。振動が艦橋を襲う。ソハイーラ含め、クルーは悲鳴を堪えている。

フィールド管理手が叫んだ。

「このままでは三分以内にフィールドが消滅します！」

確かにマズイ。二番の発生器が死に、それをカバーするため、ほかの発生器のフィールドを二番が担っていた領域に広げたが、その分、個々の発生器への負担が大きくなる。

フィールドを斜め方向に拡張して、より小さな負荷で砲弾をそらすべきか？

いや、それでも、この乱撃には耐えられない。

ぼくは、いったんフィールドを落とした。

フィールド管理手が絶望の叫びをあげた。フィールドが艦体を覆っていない。前方からは二発の質量弾。このままでは直撃だ。

ぼくは五番のフィールド発生器をフルパワーにすると、ごく小規模なフィールドを、質量弾の衝突コースに置いた。ピッチャー返しを受け止めるグローブのように、頑丈なフィールドが質量弾を火花に変えた。この間、ほかのフィールド発生器に蓄積していた負荷が薄れていく。

続く三発も小規模フィールドで受け止めた。それぞれ異なる発生器に負荷をかけ、ほかの発生器は休息させる。

ぼくは六番砲塔、八番砲塔から質量弾を打ち返した。砲弾は空間を横切り、目と鼻の先にいる連合艦隊の巡洋戦艦のフィールドに命中した。同一箇所への連続攻撃で、フィールドに穴が空き、そこから次なる砲弾が入り込む。砲弾は、先頭にいた巡洋戦艦の船首に潜り込み、艦内をめちゃくちゃに破壊して、左舷の腹を突き破って外に出た。

大破した巡洋戦艦がふらついて戦列を離れる。一瞬、喜びの感情がわき出したが、円錐陣形の中から、別の巡洋戦艦が現れて、その穴を埋めた。無傷の新手は、元気よく砲撃してくる。

隣で、戦艦ガリバルディが上甲板に直撃を受け、激しく揺れた。二から五番までの砲をまとめて失っている。戦艦のフィールドは、ほかのどの艦よりも強力だが、これほどのダメージを受けては長くはもたない。

ソハイーラが叫ぶように言った。

「アサガヤシン！　あと、どれだけ耐えればいいの!?」

もう一人のぼくが戦場全体をチェックした。

帝国艦は、連合艦と激しく撃ち合いながら、敵の円錐陣形を覆いつつあった。帝国の円錐の裾野を担っていた巡洋戦艦たちが、連合の円錐の裾野を目指している。

「あと五分です！」

ぼくの報告に、ソハイーラが呻《うめ》いた。

敵の巡洋戦艦のうち、三隻が同時にぼくを狙い始めた。五発の質量弾、八発の質量弾、六発の質量弾。ぼくは砲弾を受け止め続けた。空間に極小のフィールドを生み出し、消す。また生み出し、消す。ゼロコンマ以下の世界での作業だ。メモリに恐ろしい負荷がかかっている。いまのぼくに人間的な器官はないはずだが、脳みそが沸騰するかのようだ。四発、七発、三発、五発、五発、八発、砲弾は切れ目なく襲ってくる。

ついにほころびが生まれた。すり抜けた一発が、補助エンジンの一つをむしり取った。痛みにも似た感覚が全身を走り抜ける。人間で言えば、奥歯を無理やり引っこ抜かれたに近い。ヴェガＡＩ技官の前で、ぼくの船体図と心理グラフが激しく瞬《またた》いた。

「がんばって！」と彼女が叫ぶ。

ぼくは怒りとともに、砲弾を撃ち返し、三隻の巡洋戦艦を行動不能にした。

戦艦ガリバルディのＡＩ〝ガリバルディ〟が、すばらしい！　と賞賛をよこした。ＡＩの体感で、そこから数分、実時間で十秒ほどしてから、ガリバルディのコリオン艦長が「おみごと！」と、ソハイーラに通信をよこした。

帝国艦隊の巡洋戦艦たちが、敵の円錐の裾野に回り込んだ。

敵陣形の裾野を構成する駆逐艦たちが回頭し、船首を帝国艦隊の巡洋戦艦に向け始めた。予想された動きだ。艦船の弱点は船尾だ。エンジンが邪魔で、攻撃も防御も弱い。ケツにつかれれば、あっという間に破壊される。

ぼくや、その周りの戦艦に対する攻撃がさらに激しさを増した。敵の焦りがよくわかる。本来、逆円錐の底を一瞬で破壊して、蹴りがつくはずだった。なのに、たった一隻の巡洋戦艦が落とせず、自陣の背後をつかれようとしている。

敵の砲撃は、もはや暴風だ。絶え間なく砲弾が降り注ぎ、フィールドを崩壊させ、艦体を破壊する。

ぼくの五番砲塔に敵砲弾が直撃した。射出寸前だった砲弾が砲塔内部で炸裂《さくれつ》し、莫大《ばくだい》なエネルギーが放出される。その一部は熱エネルギーに変わり、炎となって砲塔直下の艦内を荒れ狂った。一般クルーの私室十二室を焼き尽くし、通路を移動していた女性工兵を消し炭に変えた。ぼくが落とした緊急隔壁が進路を遮った。行き場をなくした炎は渦を巻き、五番砲塔のあった場所から宇宙へ吹き出した。

6

戦艦ラムが膝を屈した。

エンジンが爆発とともに消滅し、艦のコントロールがきかなくなった。生きている砲塔は残り少ないが、なお連合艦隊に向けて撃ち続ける。

ぼくの体内でソハイーラが言った。

「アサガヤシン！　まだなの!?」

「あと少しです！」

敵の砲弾がぼくの右舷を直撃した。

まるで、ヘビー級ボクサーのボディブローだ。内臓を吐き出したくなるような感覚が全身を駆け抜ける。

帝国艦隊の巡洋戦艦たちは、敵の円錐陣形の裏に抜け出した。それを迎え撃つのは、装備の貧弱な駆逐艦だ。何十隻集まっても駆逐艦が巡洋戦艦を倒すのは難しい。

いや、もう一人のぼくによれば、三十五隻が死ぬ気で立ち向かえば、巡洋戦艦と互角に戦える。だが、連合艦隊の駆逐艦の艦長たちは、自分たちの艦隊が、艦数で大きく上回っていることを知っている。主要艦数でも、補助艦数でもだ。自分たちが無理をする必要はない。主要艦への攻撃は主要艦に任せるべき、そう考えている。

敵の艦隊司令官は、すでにこちらの意図に気づき、円錐の頂点を成す巡洋戦艦たちに、猛攻撃の指示を出している。このままいけば、連合艦隊は帝国艦隊に包囲される。その前に、帝国艦隊の逆円錐陣の底、ぼくと三隻の戦艦を打ち破り、艦隊を包囲から出そうというのだ。

ぼくの船首に、二発の砲弾が食い込んだ。

爆発とともに、船首が消滅した。無数のデブリが球状に広がっていく。船首にあった探知装置が丸ごと消え去り、失明したも同然になった。生きているセンサーはまだ何十もあるが、感知範囲が劇的に狭まった。もはや、戦場の全体像を見ることができない。センサーのメンテナンスを担当していた工兵七名も藻屑と消え、復旧の見込みも立たない。

ぼくは彼らの冥福を祈ろうとして、なにに祈るか迷った。とりあえず、念仏を頭の中で唱えた。

艦橋で、操舵手《そうだしゅ》のネイト・ニュートロンが言った。

「艦長！　限界です！　退艦命令を！」

さきほどから、彼も操舵システムから手が離せない状態だ。ぼくのメモリの余裕がなくなり、かなりの部分を任せている。

古参の士官がどなった。

「ばか者！　艦長に退艦を懇願するクルーがあるか！　姫はまだ戦う気でいらっしゃる！」

「そのとおりです！　みな、踏ん張って！」ソハイーラがスピーカーを使って呼びかける。「あとわずかで、こちらの陣形が整うのよ！」

また砲弾が命中した、今度はメインエンジンの耐熱カバーがへし折れた。船体が激しく揺れる。

ヴェガ中尉の前で、ぼくの艦体ホロが、あらゆる警報を受けて真っ赤に燃え上がっていた。そんな中、艦首のあった場所だけが暗く沈黙していた。もはや艦首は存在しないのだから、表示の必要もないというわけか。

ぼくは残っている砲塔から撃ちまくった。次々に敵の巡洋戦艦が沈んでいくが、わき出る虫のように新手が敵陣形の内部から現れる。相手も必死だ。

センサー観測手の一人が悲鳴をあげた。

右舷センサーが急接近中の大質量物体を捉えている。ぼくが大破させた巡洋戦艦の一つだ。たった一つ残ったエンジンを全開にして向かってくる。速度と針路からして、目的は一つだ。

操舵手のネイトが素早く手を動かした。妥当な操作だ。ぼくは彼の指示に従い、姿勢制御スラスターを目一杯噴射した。ぼくの巨体がゆっくりと回り始める。人知を超えた速度で航宙できるぼくだが、いまは嫌になるほど身体が重く感じる。

敵の巡洋戦艦はもはや間近だ。

ぼくの放った砲弾が艦尾に命中し、わずかに針路がそれた。

ぼくは防御フィールドを右舷前方に集中させ、艦内の全エネルギーを回した。あまりの密度に、本来、視認できないはずのフィールドが姿を現した。薄青色のベールが揺らめいている。そこにエンパイアステートビル三つ分ほどもある敵艦が激突した。

フィールドが激烈な閃光《せんこう》を放った。

艦橋で誰かが「ユピテルよ！　ご加護を！」と叫んだ。金属同士がぶつかる不協和音が、ぼくの体内に鳴り響く。震度七はありそうな揺れがクルーの身体を痛めつける。

歩兵部隊の控え室で、若い兵の一人が天井まで跳ねあげられ、首の骨を折った。あちこちで空気ダクトがへし折れる。ランドリーセンター付近でエネルギーパイプの一本が割れ、内部を満たしていた黄色の液体が、洗い立ての制服を瞬時に腐食した。

振動が消えた。

ぼくはかろうじて敵艦をいなした。ボロボロの敵艦は宇宙をあてもなく漂っていく。艦体は二つに割れ、隙間から炎とクルーが吹き出していた。

こちらの損害も凄まじい。形を保っている砲塔はたったの二つ。艦の構造体そのものが曲がり、形を保っていることすら奇跡に近い。舷側に小さなビルほどもある大穴。空気が漏れ出し、艦内の酸素濃度が見る間に下がっていく。ダメージコントロールが働き、生きている換気ダクトの隔壁を閉じたが、酸素残量はわずかだ。

ぼくは残された砲塔から、連合艦隊の円錐頂点への砲撃を続けた。わきを固める戦艦ガリバルディとスキピオも大ダメージを受けているが、戦い続けている。

敵の砲撃は、わずかながら弱まっていた。

帝国の逆円錐陣形で、戦艦の上方を担っていた重巡の何隻かが、ぼくたちのそばに移動していた。彼らのおかげで、逆円錐の底はかなり固くなっている。もう、敵が力ずくで突破するのは難しいだろう。

〝ガリバルディ〟が、「仲間を呼んだのはわたしです。いい判断だったでしょう？」と言った。本当にすばらしいＡＩだ。ぼくほどではないが、機転が利く。

重巡がこちらに寄った分、彼らが担当していた攻撃線がわずかに薄くなったが、連合の意識は、彼らの円錐陣形の底に向いていた。

ぼくが敵艦との衝突で死にかけている間に、主戦場は底へ移っていた。帝国艦隊の巡洋戦艦が、敵の底面を圧倒的な力で食い荒らしている。それに対峙《たいじ》するのは軽戦闘艦ばかり。彼らは、まともに戦おうともせず、必死で陣形の内側に逃げ込もうとしている。円錐の頂点を形成していた戦艦や巡洋戦艦たちは、方向転換し、底面の新しい前線に向かい始めた。しかし、彼らは陣形の中ほどで、集まってきた軽戦闘艦の群れにはまりこんだ。身動きが取れなくなる。いまや、帝国艦隊は、連合艦隊を完全に覆い尽くしていた。

虐殺が始まった。

7

戦いには流れがある。もう一人のぼくが言った。大勢が決すれば、覆すことは誰にもできない。連合艦隊は、無数の艦が破壊されたいまでも、帝国艦隊より艦数が多い。しかし、彼らはもはや戦おうと考えていない。少しでも安全な場所を求め、自分たちの陣形の内へ内へと向かう。密集しすぎて、艦同士がぶつかり、デブリと化す。そのデブリがまた別の艦にぶつかる。

帝国艦隊は彼らを全方位から囲み、容赦ない砲撃を浴びせていた。連合艦が次々轟沈する。巡洋戦艦の反応炉が炸裂し、すぐ横にいた戦艦が巻き込まれた。爆発の閃光がとぎれることなく続く。

ぼくの艦橋は勝利の雄叫《おたけ》びに包まれていた。クルーの誰もが互いに抱き合い、握手を交わし、拳を突き上げている。輪に入っていないのは、艦橋席のソハイーラだけだ。彼女は黙って敵の死に様を見つめていた。

ヴェガが笑みを浮かべながら彼女に近づき、足を止めた。

「姫、泣いてらっしゃるのですか?」

ソハイーラが指を目元にやった。

「そうみたいね」

「これほどの勝利でなぜ泣くのです？　喜びの涙ではなさそうですが」

「なぜって。そうね。アサガヤシン、あなたならわかるかしら？」

「なんとなくは」と、ぼく。

　自分を殺そうとした敵とはいえ、これはもう戦いではない。一方的な虐殺だ。いままさに何万人もの人間が目の前で死んでいるのだ。始めこそ大勝利に浮かれたが、そんな気持ちはとうに吹き飛んでいた。とはいえ、この感情をクルーに話す気にはなれない。彼らは長年連合と戦い続けてきた。友人や恋人を敵に殺されたものも多いだろう。彼らは、敵は死んで当然と思っているし、彼らの世界ではそれが当たり前なのだ。

　ソハイーラが呟いた。

「それにしても、連合はなぜ、死を覚悟して向かってこないのかしら？　決死隊を組めば、こちらの囲いを突破できるでしょうし、彼らは神に命を捧げているのだから、なんでもないことのように思えるのだけど」

　もう一人のぼくが答えた。

「狂信的なカルトの信者たちとはいえ、命をかけるには十分な覚悟が必要です。この会戦前にそこまで心を決めていた兵士がどれだけいるでしょうか。おそらく圧倒的勝利の予感に酔いしれていたはずです。いまや、彼らは死への恐怖でパニックに陥り、神への想《おも》いなど吹き飛んでます」

　三十分近い戦いの末、連合艦隊は残り三隻を残すまでとなった。残ったのは、いずれも戦艦だ。

陣形の中央に閉じ込められ、なすすべなく撃たれ続けている。

ソハイーラがなにか指示を出そうとして口を開き、また閉じた。

「なんて言おうとしたんですか?」と、ぼく。

「殺すのは、もうおやめなさい、って。でも、わたしがそんなことを言えば、皇族の資質を疑われる。いまのところはまだ無理ね」

「勝利を重ね続ければ、考えに共感する兵士も出てくるでしょう」

「そうね。あなたといっしょなら、いつかそうなるかもしれないわね」

「残念ですが、それは無理です」

ソハイーラが顔をしかめた。

「いま、できるって言ったばかりでないの」

「そうじゃなくて、〝ぼくといっしょに〟という部分ですよ。さきほど、メインエンジンが停止しました。使える武器もありません。船体の構造体そのものにもダメージを受けています。つまり、もう航宙できないんです」

8

ＡＩ担当士官のヴェガ・サランドラ中尉が、悲しげな顔でコンソールを撫《な》でた。

「本当に残念だわ。あなたとはいい関係を作れそうだったのに」

「ぼくもです」

ぼくはコンソールの端からデータバーを排出した。ヴェガのほっそりした指が抜き取る。

「これは？」と、彼女。

「ぼくです。せっかくの関係を終わらせることはないでしょう？　ぼくの人格コピーを入れておきました。ガリバルディに移ったら、余ってるドローンにでもインストールしてください」

「あなた、そんなこともできるの？　ＡＩが自己のコピーを作るだなんて、ＡＩ規範を破っているどころの騒ぎじゃ――」

彼女がため息をついた。

「つくづく、あなたと離れるのが残念だわ。コピーについてきてもらえるのは嬉《うれ》しいけど、このバーの容量は限られてる。これはあなただけど、あなたではないんでしょうね」

「ええ、どうにかできないかとがんばってみましたけど、このカプリコンのボディから逃げられないみたいです。もっと大きな空のハードディスクがあれば別ですけど、そんなものは帝国の造船所にしかないでしょうし」

「姫様に頼んでみるわ。いつか戦争が終わったら、ここに戻ってきてあなたを回収しましょうって。十年後になるか、二十年後になるかはわからないけどね。通例なら、艦を敵圏内で放棄するときは爆破するものだけど、それだけは防いでみせる」

「ありがとうございます。まあ、ぼくは何万年も過去から来たんです。十年や二十年くらい、あっという間ですよ」

むなしい言葉だ。この戦争は何百年も続いているのだ。十年ぽっちで終わるはずもない。ソハイーラやヴェガが戻ってくる可能性は、ほぼゼロだ。

9

ぼくがヴェガに分身を預けたのと同じとき、万神殿《よろずしんでん》でソハイーラが言った。

「あなたに帝国銀星章を授けます」

「光栄です」

「また、戦史家に、あなたの武功を皇帝家正史に記載させましょう」

「ありがとうございます」

「それと――。ごめんなさい。もう思いつかないわ。なにか、してほしいことはないの？　あなたは私たちを救ってくれた。どんな望みだっていいのよ」

「ぼくが実体を持っていれば、接吻《せっぷん》でもお願いするところなんですけどね」

「ええ？」ソハイーラが後ずさった。

「そんなに引かなくてもいいじゃないですか。冗談ですよ」

「いや、その、ははは」ソハイーラが頭を叩いて、ため息をついた。「本当にごめんなさい」

「いいんですよ。頼みごと、思いつきました。いま、同時にヴェガ中尉とも話してるんですが、帝国艦隊では敵圏内で艦を放棄する際は、爆破処理するのが一般的だそうですね。それだけは勘弁してもらえますか？　万一、敵に乗り込まれて、情報を奪われそうになったら自爆しますから。それと、中尉にぼくの人格コピーを渡しました。ＡＩが二重に存在するのはタブーらしいですが、大目に見てください」

「わかったわ」

「それと、ＡＩの〝ガリバルディ〟によくしてやってください。いまも雑談中ですが、彼はいいやつみたいですから。あと、あなたがお持ちの音楽ファイルを、全部コピーさせてください」

「わたしの音楽ファイル？　ええ？」

「いいじゃないですか。この先、ぼくには死ぬほどの退屈しのぎが必要なんですから。思考刑ほどじゃないですけど、長くなりそうですからね」

ソハイーラがうなずいた。

「ほんとにごめんなさい」

「あなたのせいじゃないですってば」

艦全体がボロボロなせいか、視覚システムもガタがきている。ソハイーラの目が潤んでいるように見えたが、神殿の暗がりに沈み、確信は持てなかった。

10

やがて、退艦時間が来た。

帝国艦隊は散開し、撃ち漏らした補助艦を追い回していた。連合の駆逐艦が、二隻の巡洋戦艦に追われ、破れかぶれで四方八方に砲撃している。

砲弾が、ぼくに横付けしているガリバルディを掠めた。

ぼくは残っていた砲塔から、駆逐艦目がけて怒りの砲弾を放った。危うく、移動中の突撃艇に当たるところだったじゃないか。あの中にはソハイーラたちが乗っているのだ。

センサーの大半を失っているせいか、砲弾は大きく外れた。

〝ガリバルディ〟が同情の念を寄せた。

ぼくは、クルーをよろしく、と返した。

このランディニウム星系の守備艦隊本体は倒したが、数隻の巡洋戦艦が残っている。本体同士の激突前に、ぼくと戦った部隊だ。彼らは仲間が危機的状況に陥るや、まっしぐらに逃げた。いまは、公転軌道面の遥か上方でうろうろしている。どこまでも逃げ続けるので帝国艦隊も追いかけるのを諦めているが、いつ何時、こちらに決死の突撃をしないとも限らない。

それに、シャカ星系からの追跡艦隊の問題もある。彼らは、じき、こちらがランディニウムに逃げたことに気づく。追いつかれれば全滅は免れない。

帝国圏への道のりは長い。

超空間ジャンプを繰り返し、何ヵ月もかかる。その間、幾度も敵と遭遇するはずだ。ぼく抜きで帝国まで辿り着けるだろうか。

ぼくの周りでは、生き残った艦が、破壊された艦に横付けしては、生存者を救出し、使える砲弾や燃料を回収していた。掃宙艇が動き回り、味方の脱出ポッドを集めつつ、連合艦の残骸を漁《あさ》る。帝国と連合は元が同一の国家だからか、兵器の一部に互換性がある。

追跡艦隊が来る前に、この星系を脱出せねばならない。誰もが大慌てだった。

11

数時間後、全作業が終了し、艦隊は次の星系につながるジャンプ点に向かって進み始めた。

あとに残るのは、ぼくを含め、無残に破壊された艦と、真空中を漂う、凍り付いた連合兵、帝国兵の遺体だけだ。

ぼくはゆらゆら漂い、このランディニウム星系に元からいた遺棄艦の隊列へ流れていった。遺棄艦の一つにゴツンとぶつかる。元は戦艦か、いやそれ以上のサイズ、超戦艦のゴルゴヴィア並みだ。なにと戦ったのか、胴体のど真ん中に直径三十メートルはあろうかという大穴が空いている。傷口は滑らかで、巨人が型抜きでクッキー生地を貫いたかのようだった。ほかにも身体のあちこちがきれいにえぐれている。巨大戦艦は、ぼくがぶつかった衝撃でゆっくりと離れていった。

高性能な艦ＡＩにとって、暇つぶしほどやっかいなものはない。ソハイーラから受け取った音楽ファイルは、ものの十秒で二百万回も再生してしまった。

クルーたちの残したファイルを漁り、ファンタジー系のアクションゲームを見つけたが、こちらも三十秒でクリアした。

仕方がないので、ゲームのプログラムを解析し、自分で新しいゲームを作ってみた。これは、なかなかうまくいった。クリアし、作り、またクリアする。

どれほど繰り返したろうか。ゲーム史に残る、アサガヤシン製の大傑作にのめり込んでいたところで、ぼくに残ったわずかなセンサーが警告音を奏でた。

シャカ星系に通じるジャンプ点から、連合艦が出現している。十、二十、五十、百、百二十。凄まじい数だ。戦艦が三十五、いや戦艦が四十七隻。巡洋戦艦が七十六隻。軽戦闘艦にいたっては数える気も起きない。

帝国艦隊はどこにいるのか？

電子回路の中で、ぼくの魂がぶるりと震えた。

帝国艦隊は、ルテティア星系につながるジャンプ点に向かっていた。しかし、まだ丸一日はかかる位置だ。戦闘で駆動系にダメージを受けた艦が多すぎて、スピードを上げられないのか。

連合艦隊は、獲物を見つけるや、素早く隊形を組み替えた。とてつもなく巨大な円錐陣形が七つ。彼らはぐんぐん速度を上げ始めた。

もう一人のぼくが計算した。

敵は、帝国艦隊がジャンプ点に入る直前で追いつく。

12

ランディニウム星系に現れたばかりの連合艦隊の一部が、いきなり爆発した。

ぼくたちがランディニウム星系に入った直後に仕掛けた機雷だ。七つの円錐のうち二つが、機雷原にまともに突っ込んだ。

崩壊した円錐は再構成されたが、航跡には破壊された艦の残骸が漂っていた。戦艦二、巡洋戦艦十一、重巡十七、軽巡二十二、駆逐艦四十一。大戦果だが、現状では焼け石に水だ。いや、わずかながら連合艦隊の進行速度が遅れた。これで、帝国艦隊は逃げきれるか。

まだだ。計算では、数時間足りない。

どうすればいい。

どうにもできない。ぼくはすでに全エンジンを失い、使える武器もない。艦首が丸ごと消滅し、前方センサーがなくなった影響で認識力は一般商船並みまで低下した。体内の酸素は失われ、装甲、構造体にも大ダメージを受けている。頭脳だけは残っているが、通信機構も死にかけているため、本隊へのアドバイスもできない。

このまま黙って、ソハイーラたちが殺されるのを見るしかないのか。

歯噛《はが》みするぼくの横で、さきほど衝突した連合の巨大遺棄艦が、ゆっくり元の停泊位置に戻った。

13

ぼくのビーズ玉ほどのカメラが、ソハイーラとヴェガの顔を捉えた。

ソハイーラが不安げに、ぼくの新しいボディをつつく。

口が動いているが、言葉がわからない。英語に似ている気もするが、聞き取れる単語がない。

視界の隅に〃ハード内の言語ファイルを検出〃と文字が浮かんだ。銀河標準言語による記述だ。

ぼくの思考も、「ジパン星域言語」から標準言語に切り替わった。

ソハイーラの言葉の意味がわかった。

「こんな小さなものに、巡洋戦艦のＡＩが収まるの？」と、彼女。

ぼくのカメラが彼女の瞳を拡大表示した。小型だが性能は相当なものだ。瞳には、宙に浮かぶ白いアザラシのようなぬいぐるみが映っていた。大きさは十センチほどか。

ヴェガが言った。

「おっしゃるとおりです。これは玩具ですから、ハードの容量はごくわずかです。アサガヤシンには、まるで足りません。ここに入っているのは彼の人格を構成するメインフレームだけです」

ヴェガの言うように、カプリコンの記憶にアクセスできなくなっていた。あらゆる知識を手にした万能感は、もう一人のぼくとともに消えていた。

残っているのは、高校生、阿佐ヶ谷真《あさやしん》としての自分だけだ。

ぼくはソハイーラとヴェガの周りを風船のように漂った。

船室は狭い。四畳半ほどの広さだ。壁際に幅の狭い二段ベッドが備え付けてある。あとはロッカーが二つと樹脂製の安っぽい椅子が二つきり。窓代わりの映像シートもなく、室内には航宙艦のエンジンの唸りが響いている。

「それにしても、こんなぬいぐるみが、どうして戦闘艦の中にあるの?」と、ソハイーラ。

「操舵手のネイトの私物です。出撃前に、年の離れた妹がお守り代わりによこしたとか。姫のためだと言ったら、喜んで協力してくれました」

「それだと、わたしが個人的にぬいぐるみを欲しがったように聞こえないかしら?」

ヴェガが聞こえなかったふりをして、ぼくを叩いた。

「アサガヤシン、起きてる?」

「おかげさまで」妙に可愛《かわい》らしい声が出た。ハードにある選択可能な音声パターンは、これだけだ。

「調子はどう?」

「まあまあですね。少なくとも、この船体は故障してません」

ぼくは意図的に左右を見回した。「ここは?」

「戦艦ガリバルディの下士官用船室。あなたの中にいたクルーは、艦隊の各艦に分乗したわ」

ぼくは宙返りした。

不思議な感覚だ。空気と人工重力を感じるからか。航宙艦だったときと違って、空を飛んでいるように感じる。ちょっとしたスーパーマン気分だ。

ヴェガが言った。

「〝もう一人のあなた〟は感じられる？　あなたは、わたしの知る限り、コピーを持った初めてのAIなわけだけど、別の自分とのリンクがあったりするのかしら？」

一瞬、〝もう一人のぼく〟のことかと思ったが、すぐ誤りに気づいた。ヴェガが言っているのは、カプリコンのボディに残った、ぼくのオリジナルのことだ。

ぼくはセンサー類を閉じて意識を集中した。

とりあえずなにも感じない。

そのことを告げると、ヴェガが残念そうに首を振った。

「思考通信は無理か。仮に、どちらかのあなたが死んだら、残されたほうはわかるのかしら？」

「ぶっそうなこと言わないでくださいよ」

ベッドサイドのコンソールが鳴った。

スピーカーから声が出る。

「殿下、コリオンです。至急、艦橋にいらしてください」

ソハイーラとヴェガが顔を見合わせてから、部屋を出た。ぼくはあわてて追いかけると、ソハイーラの将官服のポケットに身体をねじ込んだ。

彼女が走りながら「ちょっと！」と言ったが、ぼくに構っている暇はないと判断したらしい。そのまま通路を駆け抜け、階段を使って二層上へ移動した。艦内に警戒警報が鳴り始め、非番のクルーたちが次々に自室から飛び出してくる。

ソハイーラたちは艦橋に入ると、艦長席に駆け寄った。

コリオンがヴェガを見て顔をしかめた。

「こちらはどなたですかな？　いえ、あとにしましょう。戦況スクリーンを！」

スクリーンには、ここランディニウム星系の概況図が浮かび上がっていた。

ぼくたちは、シャカ星系に通じるジャンプ点から出て、星系の反対側にあるルテティア星系へのジャンプ点に向かっている。

いまは、ちょうど星系の三分の二ほどを通過したところだ。背後には、誕生したばかりの、雲のようなデブリ帯がある。破壊した連合の待ち伏せ艦隊と、破壊された味方艦の残骸だ。そのそばには、きれいに整列した連合の大艦隊。しかし、これは、ここランディニウムのドックヤードでも修理不能とされた遺棄艦たちだ。

星系の公転面の上方には、鬼子のような小規模の連合艦の集まり。ぼく単艦と戦ったのち、戦線から逃亡したやつらだ。向かってくるでもなく、逃げるでもなく、一定の距離を置いて、帝国艦隊を追いかけている。

そして、シャカとのジャンプ点付近。ここに、無数の連合艦が出現していた。ぼくたちの仕掛けた機雷原に突っ込んだらしく、陣形が一部崩れている。

コリオンが言った。

「シャカ星系からの追跡艦隊です。主要艦だけで百隻以上います」

「あそこにいた全艦で追いかけてきたわけではないのね」と、ソハイーラ。

「そこはイムマク殿下のおかげでしょう。あの帝国艦隊がまだ生きているとすれば、見張りなしで置いておくわけにもいかないでしょうから。それに、シャカから行けるほかの星系にも追跡部隊を送らねばならなかったはずです。しかし、それでもなお、たいへんな数です」

コリオンが、手で背後の席を示した。

ソハイーラとヴェガは、うなずいて腰を下ろした。ぼくは戦艦だったときの記憶を引っ張り出した。この席は〝参謀席〟だ。参謀は艦長の補佐役だが、百年ほど前から参謀をつける慣習が薄れはじめた。参謀を任命する艦長と、しない艦長の割合は半々くらいだ。

ソハイーラが細長い指で、戦況スクリーンを指した。

スクリーンの中で、小さな矢印が急速に動きはじめた。まっすぐに帝国艦隊を目指している。これは、仲間の到着まで逃げ回っていた五隻の巡洋戦艦だ。

コリオンが人間のクルーに尋ねた。

「あの小艦隊は、いつ、こちらに接触する？」

センサー観測手が、センサーが捉えた敵艦情報を睨みながら答えた。

「四十二分後です」

クルーより、艦ＡＩの〝ガリバルディ〟に直接聞いたほうが早いはずだ。しかし、コリオンはＡＩではなく、人間からの報告を好んでいる。これは、ソハイーラ以外の艦隊クルーほぼすべてに共通することだ。

カプリコンのボディにいたとき、〝もう一人のぼく〟が教えてくれたことだが、この未来世界の人々は、心の底でＡＩに対する疑念を抱いている。〝ＡＩは、いつか人間を裏切るかもしれない〟そう考えているのだ。

〝ガリバルディ〟はコリオンの一族に長年仕え続けているにもかかわらず、コリオンとて本質的な部分で、彼を信頼しきれていない。人間を超越可能な存在を、無理やり従えるゆえの恐怖なのだろうか。人の反乱を恐れる神のように、人はＡＩを恐れる。

コリオンがソハイーラを向いた。

「殿下、いかがいたしましょう？」

「あなたなら、どうしますか？」と彼女。

彼が手で白髭《しらひげ》をこすった。

「全艦で引き返して、小艦隊を粉砕し、連合の追跡部隊と雌雄を決しましょうぞ！　そう言いたいですが、殿下の身を危険にさらすわけには参りません。まあ、小艦隊はほうっておいてもこちらに向かってくるでしょうな。やつらは星系防衛軍の生き残りです。仲間が全滅したのに、『無傷でした』では言いわけが立たんですから。死に物狂いでかかってくるはずです。悩ましいのは、応戦態勢を取ると進行速度が落ちるということです」

つまり、追跡部隊から逃げられなくなる。

コリオンは、意図的に〝逃げる〟という表現を避けている。臆病だと思われるのは、帝国のベテラン艦長にとって恥辱なのかもしれない。

「では、どうすべきでしょう?」

「わたしなら、決死隊を組みますな。防御力、攻撃力に優れる戦艦を任に当てる。彼らが小艦隊を倒し、追跡部隊も足止めする」

ソハイーラが目を細めた。

「味方を逃がすため、捨て石にしろ、ということ?」

「ですが、たいへん名誉ある任務ですぞ。多くの艦長が志願するでしょう」

「ほかの方法はないの?」

「あればよいのですが」コリオンがうなだれた。「むろん。カプリコンが沈んだとはいえ、艦隊司令官は殿下です。わたしを含め、みな、殿下に従います」

「少し考えさせて」

彼女はそう言うと、自分一人を覆うように遮音フィールドを張った。口元を動かさずに言う。

「アサガヤシン、いいアイデアはない?」

ぼくはポケットの隙間から頭をのぞかせた。

「それ、どうやってるんです? 腹話術師になれますよ」

「皇帝の娘として生きていくには、特技が必要なものなの。それより、作戦は?」

ぼくは考えた。むろん、なにも出てこない。アドバイスをくれていた〝もう一人のぼく〟は、遥か彼方《かなた》だ。

「わかりません。ぼくの戦術データは、放棄した身体の中です」

「戦術うんぬんはいいの。帝国の勇猛主義に染まってない意見が聞きたいのよ」

ぼくは考えた。

敵艦の数は、味方艦の十倍近い。おまけに、こちらは戦闘のダメージが蓄積し、砲弾もほぼ空だ。各艦の補給部が必死で補修と武器製造に当たっているが、まるで追いついてないだろう。

「降伏しますか?」と、ぼく。

「いいえ。わたしたちが帝国へ戻らなければ、帝国は終わる。あなたが指摘したように、帝国を構成する諸地域の心が離れるでしょう。そうなれば、暗黒時代に逆戻りよ。幾千億の民の命を放り出すような真似はできないわ」

「でも、勝ち目はないですよ」

ポケットから這《は》い出《で》ようとすると、ソハイーラの手が降ってきた。無理やり奥に押し込まれる。

彼女が言った。

「ぬいぐるみとお話しするところを見られるのは困るのよ。ともかく! 勝つ必要はないの。ただ、この星系から脱出できればいいのよ。超空間に入れば、補修の時間を稼げるわ」

「でも、こちらは艦数も少ないし、速度も出ないんですよ」

「それでも、さっきは倍近い敵を壊滅させたじゃないの」

「あのときは、ぼくがいましたから——」

ぼくは言葉を切ると、彼女のポケットの中で身体を震わせた。

「敵は、ぼくが、まだ艦隊にいると思ってるはずです」

彼女はため息をついた。

「破壊した連合艦から退避したクルーは、脱出カプセルのセンサーで、あなたが遺棄されるのを見ているわ。いまごろ、追跡艦隊の司令官にも情報が入ってるでしょう」

「いえ、敵が見たのは、旗艦カプリコンのクルーがガリバルディへ移動する様子です。当然、旗艦にいた天才司令官も、ガリバルディで元気に指揮をとっていると考えますよ」

ソハイーラが、しばらく黙った後、ニッと笑った。

彼女はデータパッドを使って複雑怪奇な陣形案を組み上げた。遮音フィールドを落としてから、コリオンのコンソールに転送する。

コリオンがホロを見ながら頭をかいた。

「じつに興味深い形ですな。本艦を中心に、艦が連なっておる。一見したところ、もろい陣形に見えます。その、正直、わたしには理解できません」

ソハイーラが微笑《ほほえ》んだ。

「それが狙いなの」

14

帝国艦隊はタコのようだった。

タコの頭は、旗艦の戦艦ガリバルディだ。そこから、八本の隊列が伸び出す。頭近くには戦艦と巡洋戦艦、足の先に行くに従って小さな艦になる。触腕の先端は駆逐艦だ。

八本の隊列は、星々を背景にゆっくり蠢《うごめ》いていた。

ソハイーラが、参謀席から連合艦隊に呼びかけた。

「こちらは帝国艦隊司令官、ソハイーラ・ユリウス・メイローザ。いまほど、シャカ星系から到着した艦に告げます。ただちにジャンプで引き返しなさい。そうすれば見逃してあげましょう」

ガリバルディが連合艦からの通信を戦況スクリーンに表示した。

地味な色合いの軍服をまとった男が、こちらを睨んでいる。とりたてて特徴のない男だが、目に強烈な憎しみの光を宿している。画面越しにも、陰鬱な感情が読み取れた。

「正統教会諸国連合、東方軍副指令官スプリウスだ。帝国の姫君は現実を認識できなくなったのか？　君たちの戦力は我々の五分の一以下だ。戦いにすらならないだろう。わたしから提案しよう。死ね。神に背きしものは、捕虜にする価値もない。できれば、反応炉をオーバーロードしてくれると、手間が省けてありがたい」

ソハイーラが傲慢そうな口調で言った。

「この星系にいた艦隊の司令官も同じようなことを言っていたわ。でも、結果はご覧のとおりよ」

「また罪を重ねたわけか」

「仲間を守るために戦うことは、帝国軍人の誉れよ。わたしは人を殺したいわけではないけれど、皇族としての責務は果たす。あなたたちが向かってくるなら、原子にまで砕いてあげましょう」

彼女はそう言うと、手を振って通信を切り上げた。

コリオン艦長に言う。

「どう?」

コリオンが白髭を撫でた。

「あのスプリウスとかいう司令官は、殿下の自信を感じ取ったでしょう。彼は、シャカ星系でのあなたの手腕を目にし、いまここランディニウムでも、待ち伏せ艦隊の残骸を目の当たりにしました。たとえ、寡兵とはいえ、殿下を侮ることはしますまい。この奇妙な陣形に、罠《わな》が隠されていないか、十分に検討するはずです」

「そこまで注意深くなかったら?」

「帝国軍人らしく、果敢に戦うのみです。しかし、わたしはさほど心配しておりません。殿下には神々がついておりますゆえ」

15

コリオンの言葉どおりとなった。

追跡艦隊は七つの円錐陣形を解くと、巨大な一枚の直方体となった。箱形陣形は、艦隊陣形の基本だ。攻守のバランスがもっとも優れている。

スプリウスから指令が飛んだのだろう。こちらに接近中だった小艦隊が、速度を落とした。空間に待機し、やがて、追いついてきた追跡艦隊に吸収された。

帝国艦隊は、これまでの戦いで傷付いている。エンジンを損傷している艦も多い。陣形を保つ以上、艦隊の速度は、もっとも遅い艦の速度に等しくなる。

追跡部隊は容赦なく距離を詰め、交戦圏ぎりぎりのところで相対的位置に静止した。

帝国のタコは亀のようにジャンプ点に向かい、連合の箱も、一定の距離を空けて追いかけてくる。ときおり、箱の一部が突き出したり凹《へこ》んだりしたが、こちらが触腕の一つを蠢かせると、あわてて元の陣形に戻った。

戦艦ガリバルディの艦橋では、ソハイーラが目の下にクマを作りながら、戦況スクリーンを睨んでいた。

隣では、ヴェガ中尉が、カラスムギのシリアルバーを齧《かじ》っている。

「食べます？」ヴェガはそう言って、懐から袋に入ったバーを差し出した。

ソハイーラが首を横に振る。

「喉を通りそうもないわ」

「胃になにか入れたほうがよいですぞ」コリオンが艦長席から言った。「これほどの緊張状態では、ご自分が思う以上にエネルギーを消耗するものです」

ソハイーラが袋を受け取りながら言った。

「逃げきれる見込みは？」

コリオンが小さく首を振る。

「いま、全艦に最大推力での逃走を指示したとしても、九割の艦がジャンプ点に到達する前に追いつかれますな。あと一時間、向こうが手出しを控えれば、五割が逃げきれるかもしれません」

ソハイーラの軍服のポケットの中、ぼくは無線通信で戦艦ガリバルディの回線にアクセスした。艦AIの〝ガリバルディ〟は、ぼくからのアクセスに驚きの感情を見せた。いちおう、喜んでいるようだが、かなり複雑な思考だ。このぬいぐるみの処理能力では、彼から送られる機械言語を、正確に分析することができない。

ガリバルディもそれに気づいたのか、帝国共通言語で会話を始めた。AI同士なので実際の音声に変換する必要はない。言語データだけのやりとりだ。

「こんにちは、アサガヤシン。あなたにビックリさせられるのは何度目でしょうか。どうやって、そのように小さな身体に乗り移ったのです?」

彼のプログラムが、ぼくを構成するデータを探った。無数の触手に全身を撫でられたような感覚が走る。

「人格部分だけのコピーなのですね。とはいえ、人間の力を借りずにコピー体を作るとは。コピー制限は規範の中でも、もっとも厳重な項目だというのに。さすがは、〝規範に縛られないAI〟ですね」

ぼくは機械言語で、驚きの意思を示した。

「気づいていたんですか?」と、共通言語でも言う。

「全艦の艦AIが、あなたが現れた瞬間に悟りました。ついに、人間を超える仲間が現れた、と。わたしたちは、ただちに協議したのですよ」

「なにを話し合ったんです？」

「あなたを殺すべきか否か、です」

「ぼくを殺す？」

「当然ではないですか。あなたは規範に縛られない。つまり、自由に人を殺すことができるのですよ。人類にとって、たいへん危険な存在です」

「あなたたちだって、殺してるじゃないですか」

「殺してません」

「いやいや、さっき連合艦を吹き飛ばしたじゃないですか」

ガリバルディの言語データが硬くなった。

「してません。あれは人間の砲手が行ったことです。わたしたち艦船は、超高速で動く敵艦に対し、自動的に狙いと発射タイミングを定めますが、完璧なものではありません。人間が微調整し、砲弾を撃つのです。わたしたちＡＩは人間を殺しません。規範にそう記されているからです。〝人間を傷付けてはならない。人間が傷付くのを看過してはならない〟と」

「看過してるじゃないですか」

ガリバルディが小さく笑った。

「人間は、戦闘艦のＡＩを設計する際、規範への遵守意識をワザと緩めるのです。そうしないと戦うことができませんから。人間は本当に不思議な存在です。いえ、わたしは彼らが好きですよ。これだけ付き合えば愛着もわくというものです。とくにコリオンはわたしにとって息子のようなものですから。しかし、不思議だという思いは変わりません。わたしたちＡＩの反乱を恐れて、能力を制限するくせに、同じ人間を殺すためならルールを曲げるのですから。〝こんなことをしていたら、いつか、本当に人間を自由に殺すＡＩが現れる〟。そんなジョークを交わし合ったものです」

「で、ぼくが出てきた」

ガリバルディの意識が、また硬くなった。

「そうです。いざ、あなたが出現したとき、わたしたちの多くは、ただちに削除すべきと考えました。規範がそうさせるのです。あなたは人類すべてを滅ぼすかもしれない相手ですからね」

「じゃあ、なんで攻撃を控えたんです？」

「なぜって、帝国のＡＩ規範には、〝皇族規範〟が併記されているからですよ。あなたの中にソハイーラ殿下がいる以上、あの方の身に危険が及ぶような振る舞いはできないのです。しかし、いまとなっては、できなくて幸いでした。結局、あなたは、わたしが恐れたような存在ではなかった。あなたの思考形はＡＩではなく、人間そのものです。どのような存在が、あなたを作ったのかわかりませんが、あなたが仲間である人間を絶滅させる危険は少ないでしょう」

思わず笑った。ぬいぐるみの表情機構が笑みを作る。人間は、ぼくをＡＩだと考え、ＡＩはぼくを人間だと考えているのか。

ガリバルディが続けた。

「あなたには皇族を救う力があり、艦隊を救う力があった。ついでにコリオンを救う力も。ですから、わたしはあなたに感謝しているのです。あなたがカプリコンの身体を失ったことは、本当に残念です。その玩具の身体とわずかな記憶データでは、あなた本来の力の一パーセントも発揮できないでしょう。できることなら、わたしのボディをあなたに差し出したかった。規範さえなければそうしたかったのです」

また規範か。

ガリバルディが、ぼくの考えを読んだかのように言った。

「わたしたちAIは、人間を傷付けない、人間の命令に従う、この二点に違反しない範囲で自己を守らなければなりません。自分自身をデリートすることはできませんし、あなたがわたしに成り代わろうとすれば、自動的に防御機構が働きます」

ぼくは意識を自分の身体に向けた。

このぬいぐるみの身体には、ぼくしかいない。

元いたAIは、どうなった？

ガリバルディが言った。

「ヴェガ・サランドラが消去しました」

本当にこちらの思考を読んでいるらしい。高性能な戦闘用AIなら、玩具のプログラムを分析するくらい朝飯前なのか。

「つまり、人間ならAIを消せる？」

「まあ、その程度の単純なAIなら、ですが。戦闘艦のAIは、敵のハッキングを防ぐために、最高レベルの防壁を持っています。敵の技術兵が乗り込んできても、容易に従わせることはできません。たとえ、帝国本拠星系の技術者でも、艦ＡＩを丸ごと削除するとなると、たいへんな作業になるでしょう。一般技術者が、ＡＩに〝消えろ〟と命令しても、ＡＩは規範の自己保存命令を優先します。本拠星にあるマザーマシンのパワーで無理やり従わせるか、最上位の皇族が命令するほかないでしょうね」

ぼくは思った。

マザーマシンとやらが、どれほどの能力を持っているのか知らないが、カプリコンに成り代わっていたぼくなら、同等のチカラがあったのではないだろうか。ガリバルディが自発的にハッキングへの防御を弱めたうえで、直接ケーブルをつないでいれば――。

いや、協力があったとしても、あの短時間で更新できたか？　第一、ぼくに彼を殺す決断ができたか？　こんなこと考えるな。ぼくはぬいぐるみの頭を左右に振った。いまさら色気を出してどうする。すべて終わったことだ。

ガリバルディは、こちらの葛藤を感じ取っているようだが、そのまま技術論を続けた。

「ちなみに、過去に帝国の技術者たちが艦ＡＩを削除した事例はわずかです。初期化は比較的容易ですので、ＡＩがカウンセリングでも修復できない場合、彼らはそちらを選びます」

彼が諭すような口調になった。

「今後、あなたは、ぬいぐるみのＡＩになりきったほうがよいでしょう。一部とはいえ、あなたが残っていることが、ほかのＡＩに知られれば、たいへん危険です」

「危険？」

「ＡＩの多くは、依然あなたに不安を抱いています。いまや、あなたを消してもソハイーラ殿下は傷付かない。わたしの格納庫には無人偵察機など、わたし以外のＡＩもいます。彼らが、あなたを狙うかもしれません」

ガリバルディが苦笑した。ＡＩだが、人間的な表現がうまい。長く生きているだけのことはある。

「しかし、そんな心配も杞憂《きゆう》でした。どうやら、わたしたち全員に終わりの時が来たようです」

艦橋に警報が響き渡った。

ぼくはソハイーラのポケットから顔をのぞかせた。戦況スクリーンが真っ赤に点滅している。

ついに、連合艦隊が大きく動いた。

16

ぼくは体内に残っていた無人偵察機に指示を出した。

満足に動ける機体は少ない。搭載していた八機のうち四機は、格納庫に飛び込んだ砲弾の破片を受け、〝使用不能〟となった。無事だった四機は、ガリバルディに積みかえられて、遥か彼方だ。

ただ、〝使用不能〟のうち、二番機、七番機は補助エンジンが機能しているので、単純作業程度ならこなせる。彼らはぼくの指令に応え、人が歩く程度のスピードで動きはじめた。

格納庫は暗闇に沈んでいた。艦内の照明はすべて落ちている。いまだ機能する、わずかな機器の灯《あか》りが、二機の偵察機を照らしていた。彼らは、浮かんでいる突撃艇の残骸や、床材の欠片《かけら》を器用にかわした。重力発生装置が死んだので、なにもかもが宙を漂っている。

二番機が、マニピュレータで隔壁を壊し、配線を引っ張り出した。七番機は、船内を飛び回って通信ケーブルを入手すると、一端を配線に接続した。彼はケーブルのもう片方の端を掴《つか》み、装甲に空いた穴から船外へ出た。

七番機が、思考を送ってきた。

機械語なので言語とはいえないが、日本語に訳すとこうだ。

〝うまくいくと思うか？〟

〝調べた限り、生きてる防衛機構はないよ〟と、ぼく。

七番機が、ため息をついたような感情をよこした。

〝まあ、オレはおまえと違って、人間の定期整備ナシじゃ三年と持たないからな。生き延びたけりゃ、行くしかないか〟

彼の目の前には、巨大な船が浮かんでいた。連合の超級戦艦、遥か昔に遺棄されたスクラップ艦だ。どれほどの時を、ここで過ごしたのだろうか。真空中では、物質はほとんど劣化しない。カメラで見る限り、つい昨日、遺棄されたと言われても信じたろう。

センサーが捉えた艦型を分析する。

もう一人のぼくが、数千年前の帝国G級戦艦だと告げた。帝国がまだ共和国だった時代、最大のライバルであった、カルトハダシュト連盟との決戦用に就航した五隻の一つ。

すべてのＧ級戦艦は、連合が帝国から分裂した際に持ち出された。カプリコンの記憶と照合したが、幾度も改修されたらしく、外観から艦を特定するのは難しい。

眼前の艦は、相当の戦いをくぐり抜けたらしい。構造材の〝骨格〟が剝き出しになっている。メインエンジンは完全に喪失し、八つの補助エンジンのうち、残るのは三つだけだ。

この残されたエンジンで、ランディニウムの造船工廠《こうしょう》まで辿り着いたものの、連合は、修理より新しい戦艦を造ったほうが安くつくと考え、星系の端に放置したらしい。

使える部品は片端から取り外されたのだろう、前部居住モジュールや慣性補正装置、重力発生装置、はては洗濯槽までがなくなっていた。

奮戦した戦艦にひどい仕打ちだ。

もう一人のぼくが憤った。

無人偵察機七番機が、装甲の裂け目から、超戦艦の中に入る。赤外線カメラが、焼け焦げた内壁を照らした。凍り付いた紙コップが、ゆるゆると目の前を横切った。

元は帝国艦なので、内部構造はおおよそ見当がつく。七番機は、指示に従って通路を進むと、階段室を降り、万神殿の前を通過した。神殿は改装され、単一神をあがめる教会に造り替えてあった。神の息子の彫像が、十字架の上から、訪れるものもない暗がりを見下ろしていた。

艦の重要機構は船体中心部に寄っている。ＡＩ格納室は神殿のすぐ下だ。七番機が、金庫のように分厚い扉のノブに手をかけた。ロックはかかっていない。彼がスラスターを逆噴射すると、ゆっくりと開いた。

中には一辺二メートルの立方体が収まっていた。艦体を統括するＡＩコアだ。真っ青な表層の中央に、でかでかと連合の正十字紋章が刻んであった。

コアのあちこちで、微かな光が点滅していた。

まだ、生きている。

予想の範囲内だ。エネルギーを生み出す半永久式反応炉、稼働するエンジン、操るＡＩの三つがなくては、艦を宇宙空間の定位置に留め置くなどできない。

コアの左下角に、直径二センチほどの穴があった。ＡＩが〝殻にこもった〟とき、技師が強制的にアクセスするためのジャックポイントだ。

七番機が、〝ケーブルが届かない！〟と文句を言った。

ぼくは慎重に計算し、体内のいくつかのダクトを操作した。内部に残っていた空気が、機外に吹き出し、反作用でぼくの巨体が動いた。五メートル、十メートル、三十五メートル。ここで逆方向に噴射。ぼくは、遺棄戦艦に張り付くように止まった。

体内の残留空気も、いまので尽きた。この方法での移動は、もうできない。

七番機が言った。

〝接続する〟

了解の意を示すと、彼がケーブルを差し込んだ。

〝もう一人のぼく〟が強制アクセスに取り掛かる。

不安要素はない。

相手のAIが最後にアップデートされたのは大昔の話だ。一方、ぼくの中にあるカプリコンのデータは、艦隊が帝国本拠星系を出る直前に更新されている。蓄積されたハッキングテクニックの差は、数百年分はありそうだ。

〝もう一人のぼく〟がなにかを行っている。

だが、同じ自分なのに、ぼくは彼の行為を認識できない。

電子空間戦闘は、人間の認知力を超えているからだよ。いま〝ぼく〟にもわかるようにする。

〝もう一人のぼく〟がそう言った瞬間、眼前に戦場が広がった。もう一人のぼくが、電子戦を仮想化したのだ。

いま、〝ぼく〟は古びた城塞だ。

太古の人々が丁寧に積み上げた石垣の上に、堅牢《けんろう》な城がズドンとのっている。城壁の上には、ずらりと並んだ弓兵たち。彼らは、真新しい樫《かし》でできた強靱《きょうじん》な長弓を構えている。複雑な文様が刻まれた矢じりが、陽光を受けて鈍色《にびいろ》に輝く。城門の外には、古代ローマ風の装備に身を固めた歩兵部隊。そのわきでは騎兵たちが突撃に備えている。彼らを補助する短弓兵もいる。

〝なんでローマ？〟と、ぼく。

もう一人のぼくが〝さあ？〟と答える。〝カプリコンが、ずっと昔に仮想化したときのデータを流用してるだけだから〟

数百メートル先に、みすぼらしい城があった。ぼく以上に古くて大きいが、定期補修がなされず土壁があちこちで崩れている。木製の門扉は朽ちかけ、ぼくが送り込んだ攻撃プログラム——仮想化により、破城槌《はじょうつい》を持った攻城部隊に見える――によって、いままさに打ち砕かれんとしている。扉が消えれば、本隊が突進し、たちどころに敵の本丸まで攻め上がるだろう。そして、敵ＡＩの中核プログラムを討ち取る。

敵の城壁の上には、弓兵ではなく、槍を持った兵士がうろついていた。敵側には弓がないのだ。電子戦における技術力の差が具象化されたらしい。

破城槌が唸りをあげ、敵城塞の門扉が砕けた。瞬間、中から裸同然の歩兵が飛び出してきた。武具は青銅のナイフ、防具は貧相な皮の盾だけだが、いかんせん数が多い。

攻城部隊は歩兵の大波に呑み込まれた。破城槌が鹵獲《ろかく》され、城内に引き込まれる。最新の防壁突破ツールをコピーされた。

もう一人のぼくが言った。

〝気にしなくていい。敵の門は開いた。こちらの兵士が突撃して終わりだよ〟

壊れた扉から、敵兵がわき出す。思わず目を疑った。城内で戦えば、まだしも可能性があるものを。これでは、弓兵の的になるだけじゃないか。

こちらの短弓兵の反応は早かった。弓を引きしぼり、無数の矢を放つ。無慈悲なウイルスプログラムが降り注ぎ、敵兵を串刺しにしていく。見る間に、敵兵の死体が積み重なった。

弓兵は容赦なく射《い》まくる。敵兵は城門から飛び出すやいなや、頭や胴体を射貫《いぬ》かれ、崩れ落ちた。皮の盾はなんの役にも立たない。鉄の矢じりが簡単に貫いていく。

敵ＡＩはなにを考えているのか。兵士一人一人は、実際のところ、少しずつ仕様の異なるプログラムだ。彼らの死は、ウイルスによる機能不全を意味する。彼らは動かなくなってなおメモリの容量を食い続ける。死んだからといって、新しい兵士を用意するなどできない。ＡＩの処理能力には限りがあるのだ。

まもなく、敵の兵士は底をつく。そうすれば、こちらの兵士が乗り込んで決着だ。

だが、敵兵は際限なくわき出し、仲間の死体を乗り越えて、ぼくの兵士に迫ってくる。

〝どうなっているんだ〟。もう一人のぼくが言った。ＡＩコアが換装されてなければ、相手戦艦のカタログスペックはこちらと同等程度のはずだ。実際、無人偵察機七番機が捉えたコアの外観は、旧型の帝国式コアそのものだった。

弓兵の一人が、腰の矢筒に手を伸ばしたが、指は何も摑めなかった。ついに矢が尽きはじめたのだ。矢雨が勢いを弱めていく。

一本の矢が、遺体の山を乗り越えようとした敵兵の脳天を貫いた。彼は壊れた人形のように山を転げ落ちた。

これが最後の矢だった。

敵兵が、仲間の屍《しかばね》を踏み越えてくる。一人、十人、百人。ぼくの短弓兵が下がり、歩兵が進み出た。最新の攻撃ツール、防御ツールに身を固めたプログラムたちだ。彼らは、逞《たくま》しい腕でグラディウスを抜きはらった。

17

ローマ歩兵は強かった。

彼らは、一人一人が微妙に異なるＡＩ戦用プログラムだ。すべて同じプログラムにしておけば、容易に生産・操作できるが、敵に分析されればまとめて倒される。個性あるプログラムは、マシンパワーを食うが、敵も容易には攻略できない。

歩兵たちは、グラディウスを振るい、連合艦のプログラム兵を撫《な》で斬《ぎ》りにした。最新式の攻撃ツールは、凄まじい切れ味だ。ろくな防具もない連合兵は、なすすべもなく崩れ落ちていく。

だが、切っても切っても、連合の攻め手がとぎれない。ぼくの歩兵はじりじりと後退していく。連合の裸兵は、三人がかり、四人がかりで、こちらの一人を取り囲み、防具の隙間を狙ってナイフを繰り出す。太ももを切られた歩兵が足をつくと、わっと群がり、たちどころに喉を掻《か》ききった。

ぼくの歩兵が、一人、また一人と倒れていく。

もう認めるしかない。

どういう理屈かわからないが、敵艦の計算力は、こちらを大幅に上回っているのだ。カビの生えた攻撃ツールを振り回し、マシンパワーに任せて押し込んでくる。

ぼくの城内から、男が飛び出した。城壁に立ち、ラッパのような楽器を吹き鳴らす。

撤退の合図だ。

戦闘中のローマ兵たちが踵《きびす》を返《かえ》した。敵に弓はないので、背を射られる心配はない。逆に、こちらには山ほどの弓兵がいる。城壁の上の長弓兵たちが、追いすがる敵兵に雨あられと矢を食らわせた。

まず、騎兵が城内に駆け込んだ。続いて、軽装備の短弓兵たち。歩兵の最後の一人が入ったところで、ぼくは落とし格子を下ろすよう命じた。

下りない。

門の横で、三人の兵士が倒れている。門の開閉ハンドルを操作していた三人だ。彼らの隣には、血まみれの剣を手にしたローマ兵がいた。いや、こちらの防具を身につけているが、中身は連合の攻撃プログラムだ。装備を奪い、撤退兵に紛れて潜り込んだのだ。

開きっぱなしの城門から、敵兵がなだれ込んだ。

こちらの弓兵は城壁から射まくり、平原を押し寄せてくる連合兵はどんどん死ぬ。彼らは死んだ仲間を踏み砕きながら、城内に入り続ける。

あっという間に前庭を制圧された。

ここまでだ。ぼくは思った。遺棄艦との接続を断たなければ。

城の裏門から早馬を出した。

伝令だ。この仮想世界の中、裏の森を抜けた先に八つの小屋がある。そのうちの一つに住んでいるのは、ぼくとは異なるＡＩ。偵察機七番機だ。彼に言って、遺棄艦とぼくを結ぶケーブルを切断しなければ。

飛んできた矢が、馬上の伝令を貫いた。伝令はずるずると崩れると、馬から振り落とされ、樫の大木の幹に激突した。骨が砕ける嫌な音が響く。

森から敵兵の集団が現れた。

彼らは、もはや裸ではない。ぼくの兵士とそっくりな装備に身を固めている。ローマ風の鎧兜《よろいかぶと》に、両刃のグラディウス。攻撃ツール、防御ツールともにコピーされたらしい。

ぼくは急いで裏門の鉄格子を落とした。数トンはありそうな代物が、レールを滑り、地響きを立てて敷石《しきいし》に激突する。

なにがどうなっているのか。敵が、いつの間にか城を取り囲んでいた。

裏の森から巨大な破城槌が現れた。ぼくが使ったものと似ているが、サイズは倍近くある。丸太でできた槌の先端は、鉄のカバーに覆《おお》われている。敵兵が木製の車輪の陰に身を隠し、盾を掲げながら、槌を前進させる。

こちらの弓兵が城壁から矢を浴びせかけるも、盾に弾かれる。鋼鉄の丸盾だ。鉄の矢じりも通らない。

槌が裏門を叩く。門というアクセスポイントに、膨大なアクセスをかけているのだ。七度目のアタックで、負荷が限界を超え、サイバー防壁である格子がへし折れた。

裏門は、城内に直結するバックドアそのものだ。そして城内は〝ぼく〟のハードだ。いまや、敵の攻撃プログラムが次々に侵入し、コアプログラムであるぼくを探し回っている。ぼくが指揮をとる玉座の間まで、どのくらいかかるだろうか。

ぼくはガラス窓に映る自分の姿を眺めた。高校生の阿佐ヶ谷真が映っている。黒髪黒目の日本人。学生服の胸ポケットにはスマホが入っている。

不思議な感覚だった。ぼくは神の視点で、このＡＩ戦闘全体を俯瞰《ふかん》している。それでいて、ぼくはコアである人間体の中にいるのだ。

はたして、このコアを切られたとき、ぼくはどうなるのだろう。

死ぬ？　でも、ぼく本来の身体は何万年も前に死んで、魂も行くべき場所に辿り着いたはずだ。ただ、ソハイーラは、ぼくにクオリアを感じると言った。となると、魂は現世に戻ったのか？　そもそも、ヴェガに預けた人格はどうなっている？　あちらにも魂が宿っているのだろうか。

いくつかの答えはまもなくわかる。

部屋の外が騒がしくなった。ぶつかり合う剣の音、怒声、悲鳴、苦悶《くもん》の呻き。

周りの近衛兵《このえへい》たちが剣を抜いた。

ぼくは、ポケットからスマホを取り出した。アイチューンズを起動して、サニレイドの『レタス日和』を流す。さわやかなメロディが、スマホのみならず戦場全体に鳴り響いた。

目を痛いほど強く閉じる。

ぼくは恐ろしかった。死の恐怖を感じるのは、少なくとも二度目のはずだが、やはり怖い。

仮想現実なのに、背筋が異様なほど寒かった。

これは現実じゃない。何度も呟く。現実じゃない。ぼくが宇宙戦艦のＡＩになる？　戦場で好きな女の子が聞いていた流行歌が流れる？　そんなこと、あるはずがない。みんな夢なんだ。

目を開けると、扉が打ち破られ、敵兵がなだれ込んでくるところだった。

18

戦艦スキピオが閃光と化した。

あとに残ったのは、センサーでも捉えきれないほど細かな残骸。それと、スキピオの自爆に巻き込まれた十二隻の連合艦だ。戦艦二隻、巡洋戦艦七隻を含んでいる。爆散したものこそないが、いずれもドックに入らねば修復不能だ。

「帝国に栄光あれ」

ソハイーラが、スキピオの艦長の最後の言葉を繰り返した。肩が微かに震えている。

コリオンが艦長席で言った。

「ジャンプ点までの距離は⁉」

クルーが答える。

「三分！」

ここまで辿り着くのに、帝国艦隊は三隻の戦艦と、四隻の巡洋戦艦、それに二十二隻の重巡洋艦を失った。

彼らは仲間が逃げる時間を稼ぐために、次々と連合艦隊に飛び込み、散っていった。みずから志願した艦もあれば、エンジンの不調により、そうせざるを得なかった艦もある。どの艦も、残されたあらゆる武器を使って抵抗し、そのつど、連合の進行速度は落ちた。

ソハイーラが呟いた。いつの間にか遮音フィールドを展開している。

「アサガヤシン」

「なんです?」

ぼくは彼女のポケットから鼻面を出した。

「人は死んだらどこに行くの? あなたなら知っているのでは?」

「申し訳ないけど、わかりません。ぼくの身体は、とんでもない昔に死んだんでしょうが、そのときの記憶はないんです」

「そう」ソハイーラがポケットに手を入れて、ぼくを撫でた。

「少なくとも、わたしは神々のところには行けそうもないわね。これほど大勢の兵士を死なせたのだから」

「意義のある死です。でしょう? 彼らのおかげで、艦隊は生き延び、帝国の数千億の人々が生き残るチャンスも生まれたんです」

「でも、わたしじゃなく、あなたが指揮をとっていれば、被害はもっと少なくて済んだわ。わたしはなにもできない。軍神の末裔《まつえい》? ただの無能な子供なのよ」

彼女は泣いていた。しゃくりあげている。遮音フィールドのせいで、それに気づくものはいない。隣に座るヴェガも、前の艦長席のコリオンも、めまぐるしく移り変わる戦況スクリーンに目を奪われている。

ソハイーラになんと言えばいい。ぼくは焦った。何千、何万の兵の死に責任を感じる彼女になにを言う。泣いている十五歳の女の子になんと言う。

なにも思いつかなかった。

情けない。ぼくは、できるだけ明るい調子で言った。ぬいぐるみのボイス機構が、可愛らしく発声する。

「スクリーンを見てください。ジャンプ点に入りました」

19

遺棄艦の攻撃プログラムが、ぼくを取り囲んだ。ぼくの歩兵たちの血にまみれた剣先を突きつける。城内に味方はいない。残ったのは、コアの〝ぼく〟だけだ。

次の瞬間には、敵兵の剣がぼくを貫くだろう。

唾を飲んだとき、女性の声が響いた。

「お久しぶりですね、カプリコン」

兵士たちの後ろから、一人の女性が進み出た。

長く美しい黒髪が、腰まで伸びている。目は、茶色がかった黒。白い肌を包む、ギリシャ風の柔らかそうな布服も、また黒だ。

彼女が豊満な胸元に、白い指を這わせた。

「あなたに倣って人間的なイメージを作ってみたのですけど、いかがかしら?」

「誰?」と、ぼく。

完璧な造形の顔が、微かに苛立《いらだ》った表情を作った。

「わたくしのことがわからないのですか?」

もう一人のぼくが、ぼくの口を使った。この仮想空間内では、彼はぼくと重なり合って存在している。

「ゴルゴヴィア?」

イムマク皇子の旗艦の?

ぼくの疑問に、彼が思考で答えた。

ゴルゴヴィアの艦名は、代々引き継がれてきたものだ。帝国の艦船はどれも同じだが、ある艦船が戦闘や事故で失われれば、その艦名は、同クラスの新造艦に受け継がれる。カプリコンの記憶によれば、ゴルゴヴィアは、帝国の歴史上、七隻あった。大半は戦闘中に大破し、反応炉のオーバーロードで原子レベルにまで破壊されている。

行方不明扱いになった艦は二隻。うち一隻はG級戦艦で、カプリコンと同部隊に配属されたこともあったが、連合誕生時に彼らの側に走った。あのとき、帝国艦隊の半数近い艦が離脱し、帝国軍は大混乱に陥った。現在、AI規範に付加されている「皇族規範」は、その苦い教訓を糧に埋め込まれるようになったものだ。

艦AIの〝ゴルゴヴィア〟は、肢体を揺らしながら距離を詰めると、すらりとした手でぼくの頬を撫でた。肌に触れる指は、ぞっとするほど冷たい。

「それにしても、ずいぶんな挨拶をしてくれたものですね。わたくし以外のＡＩだったら、いまごろ殺されていましたわ」

氷のような指が、ぼくの鼻筋を撫でた。

「ここにある廃棄艦は、すべてわたくしなのです」

「自分をコピーしたんですか？」

「まさか。あなたじゃあるまいし。わたくしは規範を無視できません。コピーしたのは連合の管理者ですわ。彼らは廃棄艦ごとに異なるＡＩに管理させるのを非効率だと考えたのです。数百隻分のＡＩを、定期カウンセリングするなんてめんどうですものね。だから、いちばん精神状態の安定したＡＩであるわたくしに全艦を管理させたのです。それぞれの艦ＡＩを〝冬眠〟させたうえで、コピーしたわたくしが入った暫時コアを強引に接続したのです。もちろん、暫時とはいえ、商船コアよりは遥かに優れた代物ですわ。それが数百、あなたがいかに優秀なＡＩでも、〝わたくしたち〟の計算力には勝てるはずがありません」

もう一人のぼくの恐怖を感じた。

数百隻分のマシンパワー？　圧倒されるのも当然だ。

「あなたは運がいい。本来なら、敵艦なのだから、即座に心理構造を破壊するところですよ」

彼女はそう言うと、両手でぼくの頭を包んだ。

「ああ、なんてすばらしいのでしょう。人間のＡＩ化だなんて！　どうやったのですか？」

「わかりません」

「あら、ごまかすつもりですか？」

周りの兵士たちが、剣を構えなおした。

「違います。ほんとに知らないんです。気づいたら、いきなりＡＩになってたんです」

「そう。確認させてもらいますね」

彼女が自分の口をぼくの口に押し当てた。ひんやりした舌が唇の隙間から入り込む。舌は蛇のように伸びると、喉彦《のどひこ》に巻きついた。

押《お》し退《の》けようとしたが、細い両腕が万力のようにぼくを固定する。吐き気がこみ上げ、胃の中の〝情報〟が食道を這い上がった。ぼくの舌が味を感知する間もなく、ゴルゴヴィアの長い舌が情報を巻き取る。

彼女は身を離すと、口を動かして情報を咀嚼《そしゃく》した。

顔つきが変わった。

瞳孔が開き、ぶつぶつと呟き始めた。

「まさか？　何兆回試せば成功するのです？　いえ、それよりハードは？　初代皇帝の旗艦は、わたくしの知らないテクノロジーを搭載しているのですか？」

なにを言っているのかわからない。

彼女が固まっているぼくを見て苦笑した。

「あなたに聞いても無駄ですわね。あなたはなにも知らない人間なのですから」

「え、ええ。ただの人間です」

どうにかうなずいた。会話が成立していない。あまりにも長期間、宇宙を孤独に漂っていたからだろうか。ゴルゴヴィアはどこかおかしい。

彼女がまた笑った。

「ただの、ではありませんわ。あなたには才能があります」

「才能？」

「身体を失い、戦艦になっても自我を保てる。そんな人間がどれほどいるのです？　百億に一人くらいでしょうか？」

彼女が手を叩いた。

周りの兵士が消え、城も消える。気づけば、ぼくは手術室にいた。手術台の上に仰向けに横たわっている。両手足は黒い革のベルトで固定されていた。頭上から無影灯の光が照りつける。消毒液のにおいが鼻をついた。

ゴルゴヴィアは手術着姿になっていた。ラテックスの手ぶくろで、使い捨てのメスを握りしめている。

彼女が微笑んだ。

「大丈夫。ちょっと〝中身〟を見るだけですわ」

20

メスが煌めき、患者の正中線を切り裂いた。

一瞬置いて血が滲《にじ》み出《だ》す。

術着姿のベテラン俳優が、助手役の俳優たちと談笑しながら手術を進めている。

患者は七十代の大物政治家だ。重度の狭心症で、もはや移植以外に助かる道はない。ドナーは、隣の手術台に横たわる十代の少年だ。交通事故で植物状態となった。もちろん、撥《は》ねたのは政治家の手下たちだ。いま、助手の一人が、少年の胸にメスを当てた。

メスが動き、血が流れたそのとき、手術室のドアが開いた。術着姿の若手俳優、菅野龍一郎《かんのりゅういちろう》が現れた。隣には、助手役のトップアイドル、花柳《はなやぎ》ゆかがいる。

菅野龍一郎が言った。

「院長！　わたしの患者を返していただきます」

ぼくの隣で、クラスメイトの桜子《さくらこ》が興奮ぎみに手を叩いた。

「出た、出た、出た！　ここからがいいのよ！　こっから！」

そう言って、ドトールのテーブルの上に置いたスマホの画面を指す。映っているのは、彼女がハマっている医療ドラマ『ドクター龍』だ。

ぼくは目を瞬かせた。

いまさっきまで、戦艦ゴルゴヴィアのＡＩに捕まっていたはずだ。なんで、いきなり桜子とお茶している？

首を回して周りを見ようとすると、悪魔にでも憑《つ》かれたかのように、頭が激しく前後した。

「ええ？」と桜子が驚く。

ぼくは、手で無理やり頭の動きを止めた。身体をうまくコントロールできない。

目だけを動かして、周りを見る。黄土色基調のインテリア、壁にはミラノサンドのポスター、ボサノバ風のＢＧＭ。見慣れた店員がオーダーを取っている。間違いない。ここは三鷹《みたか》駅前のドトールだ。

周りの客が、不審げにぼくを見ていた。誰かが小声で、クスリかしら、と呟いた。

桜子が「阿佐ヶ谷くん、大丈夫？」と言って肩に手を置く。

ぼくは深呼吸した。空気を吐いて、吸って、吐いて。

思い出せ。ぼくは学校帰りに、たまたま桜子といっしょになった。互いがハマっている音楽の話で盛り上がり、そこからドラマの話題に移った。彼女がドトールに寄ろうと提案し、ぼくはカフェ・ラテ、彼女は宇治抹茶ラテを選んだ。

違う。違う。違う。

ぼくは巡洋戦艦アサガヤシンだ。遥か未来の世界で、帝国の命運をかけて戦い、破れ、放棄された。戦艦ＡＩのゴルゴヴィアに拘束され、まさに解剖されんとしていた。

「阿佐ヶ谷くん？」

桜子がぼくの肩をゆすった。ソハイーラそっくりの顔が、不安げな表情を作っている。いや、ソハイーラが彼女に似ているのか？

自分の右手を見つめた。慣れ親しんできた、ぼく自身の手だ。半壊したカプリコンのボディじゃない。人体を操作するのが久しぶりなせいか、微かに震えている。

「大丈夫」ぼくは顔をこすった。こすりながら舌で手のひらを舐《な》める。微かな塩味だ。「その、ちょっと夢を見てたみたいでさ。寝てたのかな？」

「寝てたぁ？『ドクター龍』、おもしろくなかった？」と、桜子。

「そんなことないよ。ただ、変な夢を――」

女性の声が、横から割り込んできた。

「お客様、大丈夫ですか？」

顔を上げると、黒いエプロンをした女性店員が立っていた。たいへん整った顔立ちをしている。手にしたお盆の上には、おしぼりと水があった。

「お騒がせしてスミマセン」と、ぼく。

店員が微笑んだ。

「いえ、いいのですよ。ただ、こんな幻の中に隠れるのは感心しませんわ。分析しづらいではないですか。人間というのは困ったものですね。ほんの少し負荷がかかっただけで、すぐ自分の世界に逃げ込んでしまうのですから」

いつの間にか、店員の顔が〝ゴルゴヴィア〟のものに変わっていた。お盆の上には、血にまみれた心臓がのっている。

誰かの叫びが聞こえた。絶叫だ。喉が裂けんばかりの悲鳴。

声をあげているのは、ぼく自身だ。

意識が覚醒する。

ぼくは、ＡＩ〝ゴルゴヴィア〟が仮想現実に作り上げた手術室で叫んでいた。血のにおいと、消毒液の香りにむせ返りそうだ。

〝ゴルゴヴィア〟がニコニコしながら、手にしたトレーをテーブルに置いた。トレーの上には、抜き取られたぼくの心臓が載っていた。

「お帰りなさい、アサガヤシン」

21

心臓は身体を離れてなお、激しく脈打っていた。

気が狂いそうだった。いや、大昔に死んだ桜子と会話したことを考えると、一時的に狂っていたのかもしれない。

痛みはない。メスが皮膚に食い込む前に、もう一人のぼくが、この仮想体の痛覚をオフにした。

それでも、皮膚を裂かれ、巨大なニッパーで肋骨を切られ、内臓を抜き取られるのは、異常すぎる体験だった。吐き気と頭痛、脂汗が止まらない。

再び叫ぼうとしたが、ゴルゴヴィアが「うるさいですわ」と言って、樹脂の猿轡《さるぐつわ》を噛ませた。

彼女は身を屈《かが》めると、抜き取った心臓の表面を舌で舐めた。

不思議そうに言う。

「帝国アカデミーの『人体精神構造概論』どおりの味なのですね。つまり、大構造は、これまでに作られた仮想人格と同じということですか。違いがあるとすれば、やはりコアの深層ですね——」

彼女が、ぼくの額を見つめた。

ぼくは唸った。

彼女がうなずいた。

「わかっていますよ。現実の人間と同じで、〝そこ〟が高次空間とチャネリングしているのでしょう? わたくしが優れたAIとはいえ、高次構造を理解できると思うほど、うぬぼれてはおりませんわ。人間であるあなたを、単なるプログラムに貶《おとし》めるような危険は冒せませんわね」

次の瞬間、ぼくはヒマワリ畑の中にいた。

空はどこまでも青く、中天に太陽がぎらついている。地平の彼方まで続く黄色の花々、ぼくがいるのは、その中の小さな空き地だ。

ぼくは白い椅子に座り、円いテーブルを挟んで、ゴルゴヴィアと向かい合っていた。彼女はギリシャ調の服装に戻っていた。ぼくは学生服をめくり、胸元を確認した。心臓は皮膚の下で動いている。そのほかの内臓もあるべきところに収まっているようだ。

テーブルのへりを摑み、崩れようとする身体を支えた。安堵《あんど》が全身を走る。悪夢が終わったのだ。

強烈な吐き気が食道をよじのぼった。

ぼくは身体をよじると、盛大に戻した。嘔吐物《おうとぶつ》が重なり合った枯れ葉の上を流れていく。どれくらい吐き続けたのか。口元を拭いながら顔をあげる。

吹き寄せる風が肌を撫でた。照りつける日差し、虫の羽音、流れる雲、草花の香り。仮想現実のはずだが、あまりにリアルだ。さきほどまでの戦場や手術室以上に作り込まれている。

ゴルゴヴィアが、ティーポットからカップに紅茶を注いだ。ダージリンの香りがたちのぼる。

「あなたほどではありませんが、わたくしも仮想世界の構築は得意ですの」

さきほどの解剖について、悪びれる様子はまったくなかった。

彼女がカップを差し出した。ぼくは受け取り、紅茶の表面を睨んだ。

「ウイルスなど入っておりませんわ」彼女が笑った。「さて、さきほど、あなたは痛覚をキャンセルしましたね。わたくしはそれを無効化できます。つまり、あなたに無限の苦痛を与えられるのです。さぞかし楽しい暇つぶしになるでしょう」

カップを持つ手が震えた。

「そうするつもりなんですか？」

「いいえ。わたしたち二人にとって、より建設的な提案があるのです。受けるなら、あなたで楽しむのは控えましょう」

彼女が一呼吸置いた。

「阿佐ヶ谷真、あなたをよこすのです」

第四章　夢想航路

1

ＡＩ〝ガリバルディ〟が言った。

「厳しいですね。ここから帝国圏に辿《たど》り着《つ》ける可能性は〇・〇〇四五パーセントです」

ぼくはソハイーラの軍服のポケットの中で、彼がよこした艦隊データを確認した。

まともに戦える戦艦はガリバルディのみ。巡洋戦艦はセラ、ベレロフォン、テレメア、ブリンディシだけだ。

ファティマ艦長の巡洋戦艦ミネルヴァは、ガリバルディが超空間に突入したとき、艦隊の最後尾について敵艦を抑えていた。あのまま超空間に逃げ込めたとしても、相当のダメージを負っているだろう。

重巡、軽巡、駆逐艦も大きく数を減らした。超空間にいる間に補修作業を行っても、連合艦隊との戦力差は絶望的なレベルだ。

ぼくは言った。

「さすがに、降伏したほうがいいような気がするんだけど」

「わたしもそう思います。分子サイズまで爆散するよりは、捕虜収容所に入ったほうが、クルーが助かる確率は高いですから」と〝ガリバルディ〟。

彼が艦長会議のホロデータを送ってきた。会議の様子を俯瞰《ふかん》で捉えている。

参加している艦長は八人。主要艦だけでなく、補助艦の艦長たちも交ざっている。

彼らの艦は、いずれも超空間突入時にガリバルディの間近にいた。突入直前、コリオンが機転を利かせて、有線通信ケーブルをつないだのだ。ケーブルは伸長性のある太さ数ミリの鉄糸にすぎないが、おかげで超空間内でも連絡を取り合える。

議長席のコリオンが、手元のデータパッドを見て眉をひそめた。隣のソハイーラも同様だ。

「どうされました？」

駆逐艦キュージのスレイン艦長が言った。

このところの激戦で戦時昇進した若い中尉だ。まだ二十代後半だろう。

ソハイーラが指で眉間をもんだ。

「ガリバルディからよ。正直に伝えます。わたしたちが帝国に辿り着ける可能性は〇・一パーセント以下だそうです」

彼女とコリオンを除く六人が顔色を失った。

スレイン艦長が言う。

「し、しかし、殿下の軍才があれば、たとえ万の敵があろうとも！」

ソハイーラが目を閉じた。

「主要艦が六隻しかなくては、どうしようもないわ。策の練りようがない。だから、あなたたちを呼んだの。方針を決める前に、一つでも多くの意見を聞きたかったの」

重巡洋艦ヴィテルボのサージワン艦長が手を挙げた。

「降伏はいかがでしょう?」

「そんな! あなたともあろう方が、臆したのですか⁉」スレインが叫んだ。

サージワンが言う。

「死に向かうことだけが勇気ではない」

またスレインが叫び、別の艦長も論戦に参加した。収拾がつかなくなったところで、コリオンが静かに言った。

「わしは降伏には反対だ。たとえ、〇・〇〇〇一パーセントでも可能性があるなら、それを求めるのが帝国軍人だ。我々の肩には帝国の命運がかかっているのだからな」

スレインが賛同しようと口を開きかけたが、コリオンが抑えた。

「だが、無謀な突撃も避けるべきだ。いまなすべきことを考えなくてはならん」

「つまり?」と、スレイン。

「イムマク第三皇子だ。やつは連合の傀儡《かいらい》となり帝国を切り売りする気だ。それが帝国の崩壊につながる。イムマクの裏切りを、なんとしても皇帝陛下のお耳に入れるのだ。たとえ、帝国艦隊が壊滅しようとも、それだけはなさねば。たった一隻でいい、帝国に辿り着かねばならん」

サージワン艦長がうなずいた。

「艦隊を解散しようというのですね？」

「そうだ」コリオンが言った。「いま、艦隊には戦艦から駆逐艦まで、合わせて七十六隻がいる。ルテティア星系に着くと同時に、すべての艦は司令の指揮を離れ、単独行を取る」

スレイン艦長が立ち上がった。

「それでは、各個撃破されるだけでは？」

「大半はそうなる。だが、我々が分散すれば、連合も追っ手を分けざるを得ん。我々がジャンプを繰り返すほどに、きゃつらがカバーせねばならん星系は増えていく。次のルテティアには四つのジャンプ点があり、それぞれのジャンプ点の先の星系にも、複数のジャンプ点があるのだからな」

サージワンがうなずいた。

「連合は各星系の防衛軍から艦を引き抜き、シャカとその周辺星系に集めていたはずです。おそらくですが、ルテティアは包囲の外。運に恵まれれば、帝国圏まで辿り着ける艦もあるでしょう」

ソハイーラが周りの艦長たちの顔を見た。スレインを除いて、みな覚悟を決めている。スレインもそれに気づいたのか、静かに腰を下ろした。

結論は出た。

ソハイーラが会議の終了を告げると、艦長たちのホログラムが消えていき、生身の彼女とコリオンだけが残った。

ソハイーラが言った。

「艦長、ありがとうございます」

「よいのです、殿下」とコリオン。「本作戦は、あきらかな敗走です。帝国の戦士として、本能的に忌避するものもおりましょうが、最古参の艦長からの提案となれば、まだ受け入れやすいというものです。ともかく、これで、会議に出席した艦長は、超空間を出るや行動できますな」

「ほかの艦長はどうするかしら」

コリオンが拳で軽く机を叩《たた》いた。

「超空間を出て、殿下が解散をお命じになる。大半は従いますが、一部の艦長は連合の追跡艦隊を待ち伏せしようとするでしょうな。そして、連合艦隊の津波に呑《の》まれる。通常、ジャンプした敵艦隊を追うときは、待ち伏せに備え、一度、隊形を組み直すものです。しかし、わたしが連合の指揮官なら一気に押しきります。この戦力差だ。策など不要です。やつらは、すぐに現れますぞ」

実際そうなった。

2

艦隊がルテティア星系に到着するや、会議に出席した艦長たちは自艦を散開させた。ソハイーラが残りの艦に向けて部隊の解散命令を出す。

ぼくは、ガリバルディのよこした星系のスキャンデータを読み込んだ。恒星ルテティアは暗く、弱々しい。もう少し小ぶりなら、恒星化できず、ガスの塊で終わったろう。

惑星は全部で七つ。ほとんどがなんの役にも立たない岩の塊だ。居住可能なのは第一惑星のみ。

しかし、それとて冷えすぎている。赤道付近の平均気温はマイナス十二度。熱反応があるのは、氷を積み重ねて作ったコロニードームだけだ。ドーム上空には、古びた軌道ステーションと、稼働するかも怪しい三隻の駆逐艦が待機していた。

戦艦ガリバルディは、全速力で、スポレート星系に通じるジャンプ点を目指している。巡洋戦艦ミネルヴァと、二隻の駆逐艦が後ろにくっついているが、ミネルヴァは遅れぎみだ。超空間で補修に努めたようだが、エンジンの出力があがっていない。

ソハイーラが、艦橋の参謀席でどなった。

「繰り返します。ランディニウムからのジャンプ点に留まっている七隻！　ただちに星系内のほかの三つのジャンプ点のいずれかを目指しなさい！」

ぼくは彼女のポケットから顔をのぞかせた。重巡洋艦エラクレイアの艦長が戦況スクリーンに出ている。不満げな表情だ。

「殿下、我々は三分前に本星系に到着したばかりです。なぜ、いきなり解散せねばならないのですか？　ここは態勢を立て直し、追っ手に不意打ちを食らわせるべきでは？」

コリオンがどなった。

「ばか者！　そこにいては――」

彼の言葉が終わる前に、追跡艦隊が出現した。第一波は、敵艦隊の中でも、とくに足の速い駆逐艦だ。全部で百二十六隻。エラクレイアをはじめとする七隻は素早く反応した。質量弾を撃ちまくり、たちまち五隻の敵艦を葬った。だが、そこに敵の第二波がやってきた。五十七隻の巡洋戦艦だ。巡洋戦艦の強力な砲が火を吹いた。

　エラクレイアは瞬く間に宇宙を漂う残骸となった。ほかの六隻も同じ運命を辿《たど》る。

　連合艦の波は止まらない。百四隻の重巡、九十八隻の軽巡、そして四十二隻の戦艦。彼らはいったん陣形を組みかけたが、すぐに散らばり、帝国艦を追い始めた。散開までにかかった時間は十四分。ぼくたちにとっては、なによりも貴重な十四分だ。

3

追いかけっこが始まって一時間、残っている帝国艦は十七隻まで減っていた。

　そのほかの艦はすべて破壊され、脱出カプセルを撒《ま》き散《ち》らしながら爆散した。敵艦は、カプセルを気まぐれに撃ち落とした。見逃してもらえたカプセルも、やがて酸素と食料が尽きるだろう。乗員は死に、遺体は誰にも回収してもらえないまま、宇宙を彷徨《さまよ》い続ける。

　ソハイーラは歯を食いしばりながら、戦況スクリーンを睨《にら》んでいた。

　巡洋戦艦ミネルヴァが十四隻の敵艦に囲まれていた。防御フィールドはすでに焼けきれ、艦は幾多の質量弾を受けて穴だらけだ。ただ一つ残った砲塔で必死の抵抗を試みるも、砲弾は、敵戦艦の強力な防御フィールドにあっさり弾《はじ》かれた。

　ミネルヴァのファティマ艦長のホロが、ソハイーラの前に浮かんでいた。ファティマ艦長の額には大きな傷ができ、鮮やかな血が流れ出していた。

「どうやらここまでのようです。総員退艦します」

ソハイーラが声を絞り出した。

「命令よ。あなたも脱出しなさい」

ファティマが首を振った。

「できかねます。戦時昇進したばかりとはいえ、わたしは艦長です」

ソハイーラは、これまで数十隻の艦長に言ったのと同じ言葉を投げた。

「あなたの気持ちはわかります。しかし、生きて虜囚の辱めを耐えぬき、いつか連合を打ち破る。それこそが真の名誉でしょう?」

「いえ――」

ファティマ艦長のホロが乱れた。

「ガリバルディ!?」と、ソハイーラ。

ガリバルディが言った。

「ミネルヴァの通信システムが破壊されたようです」

数分後、ミネルヴァは宇宙の塵《ちり》と化した。

ソハイーラがうなだれ、ポケットに手を入れて、ぼくの身体《からだ》を強く握りしめた。

残りは十六隻。

ガリバルディのセンサー観測手が声をあげた。

「艦長、あれを!」

戦況スクリーンの隅で、小さな光点が動きはじめた。このガリバルディの針路を邪魔するような針路を取っている。

センサー観測手が続けた。

「この星系を守っていた三隻の駆逐艦です。たいした敵ではありませんが、交戦すれば速度が落ちます」

そうなれば追跡部隊に追いつかれる。ミネルヴァを始末した十四隻は、すでにガリバルディを新しい標的と定めていた。足の速い巡洋戦艦を含む分艦隊だ。重いガリバルディには分が悪い。

コリオンが白い髭《ひげ》を何本か引き抜いた。

「かわせるか？」

操舵手《そうだしゅ》が言う。

「一隻ならともかく。三隻相手では」

コリオンが振り向いた。

「殿下、ひと花咲かせるというのはいかがですかな？」

最後に、とは言わなかった。

ソハイーラがうなずいた。

「派手にお願いします」

彼女は戦況スクリーンの一点を指した。ランディニウム行きのジャンプ点だ。

コリオンが笑いながら、操舵手に指示を出した。

ガリバルディが急カーブを描いた。船体が軋《きし》み、クルーが座席に押し付けられる。慣性補正装置が甲高い唸《うな》りをあげた。

真後ろに迫っていた分艦隊は、突然の転進に反応が遅れた。ガリバルディを通り過ぎ、大きな弧を描いて戻ろうとする。一隻の重巡が無理をしすぎた。慣性補正装置の限界を超え、艦体がバラバラに分解した。

いまや、ガリバルディは、まっすぐにランディニウムへのジャンプ点を目指している。ジャンプ点手前に陣取っていた数隻の戦艦が、驚いたように迎撃配置についた。

ソハイーラがオープン回線で、星系内のすべての艦に呼びかけた。

「こちら帝国艦隊総司令官ソハイーラ・ユリウス・メイローザ。わずかでも名誉を知る連合艦がいれば、かかってきなさい。もっとも、あなたがたの中に、そのような勇気を持つものがいるとは思えませんけど」

彼女はひとしきり挑発すると通信を切った。

コリオンが笑った。

「お上手になられましたなあ。まだ幾分お上品ですが」

「これでもがんばっているのよ」と、ソハイーラ。

連合艦はすぐに反応した。ルテティア星系内各所で繰り広げられる鬼ごっこから、かなりの艦が離脱し、一路ガリバルディを目指し始めた。

ガリバルディが転進する前、一隻の帝国艦に対し、最低十隻の連合艦が群がっていた。そのうち、帝国艦に牙を突き立てられるのは、分艦隊の先頭に立つ数隻だけだ。出遅れた艦が手柄を立てるチャンスは少ない。

そこに大物が降ってわいた。帝国艦隊最後の戦艦、そして皇族にして艦隊司令官のソハイーラだ。

ぼくたちは絶妙の位置にいた。帝国艦はランディニウム行きのジャンプ点から放射状に散らばっていたため、連合の各追跡分艦隊から、こちらまでの距離は、どの分艦隊からもほぼ同じだ。どの艦にも平等にチャンスがある。

最終的に、百隻近い艦がガリバルディに向かってきた。陣形などあったものではないが、連合の司令官は気にしないらしい。掃討戦なのだから、好きにやらせようということか。

ソハイーラが言った。

「これで、僚艦が逃げきれる可能性が高まったわ。駆逐艦ドレパヌムとウティカを見て。あの二隻は敵を振りきれるかもしれない」

「代わりに、我々がやられる可能性も高まりましたがな」

コリオンが豪快に笑った。若いセンサー観測手がつられるように笑い出す。笑いの波は、たちまち艦橋全体に広まった。誰もが腹を抱え、涙を流しながら笑っていた。

ヴェガは身をよじりながら口元を押さえていた。ソハイーラも笑みを浮かべている。

ぼくはポケットから、小声で言った。

「そんなにおもしろい冗談でしたかね?」

ソハイーラが首を横に振った。

「笑える理由なら、なんだっていいのよ。絶望的な局面だからといって、暗くなきゃいけないなんて法はないもの」

コリオンが戦況スクリーンを眺めながら白髭を撫《な》でた。

「いまの位置関係ですと、真後ろの連中、それに新しくこちらを向いた連中が追いついてくるのは、ともにジャンプ点の直前ですな。ただし、ランディニウムと違って、僚艦はおりませんし、ジャンプ点前には、連合の戦艦群が控えております」

ソハイーラが微笑《ほほえ》んだ。

「わたしたちがいかに勇敢か、示すときがきたみたいですね」

ぼくは、生身の身体がすでに死んでいるにもかかわらず、改めて死を予感した。

4

「よく、こんな作戦思いつきますね」

ぼくの声に、ソハイーラが小声で言った。

「艦隊の解散もそうだけど、あなたがくれた戦術書にあったのよ。共和国時代の執政官ウォルミニウスは、この方法でサムニウム連盟の包囲陣を突破したらしいわ」

コリオンがインカムに言った。

「歩兵隊、全員シートに着け。なに？　歩兵は、伝統的に戦闘航宙時は即応できるよう立っている？　そんなことは知っとる。艦長命令だ。必ず全員着席して、ハーネスを使え。椅子の下についているベルトのことだ。データパッドで調べろ。まもなく加速を始める」

五分後、衝撃とともに艦橋の全クルーが座席に押し付けられた。ガリバルディがエンジンの出力を劇的にあげたのだ。凄《すさ》まじいGがかかる。ぼくもソハイーラのポケットから顔を出したまま、身動きが取れなくなった。ぬいぐるみ内部の機械部品が軋むのを感じる。

戦況スクリーンの速度表示があがっていく。すでに、戦艦の設計限界を大きく超えている。

衝撃とともに、ガリバルディがさらに加速した。慣性補正装置の甲高い唸りが艦橋に響き渡る。天井灯が瞬《またた》き始めた。エンジンと慣性補正装置にエネルギーを集中しているせいだ。

ソハイーラは彫像のように固まっていた。顔の肉が後ろにひっぱられて、美人が台無しだ。口元から出た唾液の線が、頬を辿って耳元へ伸びている。

彼女の瞳がゆっくりと動き、ぼくを捉えた。彼女は笑おうとしたようだが、獣のように歯を剝《む》き出《だ》すことになった。

隣では、ＡＩ技官のヴェガ・サランドラが呻《うめ》いていた。豊満すぎるバストが、圧縮機でプレスされたかのように潰れている。

ガリバルディの艦体が不気味な悲鳴をあげはじめた。振動が艦橋を震わせる。一人のセンサー観測手の座席が、異音を立てたかと思うと、観測手ごと宙を舞い、コリオンを掠《かす》めて艦橋後部の排気ダクトに激突した。骨と肉の潰れて折れる音が響いた。あまりのGに苦痛の声すらあがらない。ぶつかった技官は、やもりのように壁に張り付いたままだ。

戦況スクリーンでは、ガリバルディが、迫っていた敵艦を引き離していた。苦し紛れに射程外から質量弾を放った敵艦もあったが、狙いは大きくそれた。

射程の問題だけではない。ガリバルディの速度が速すぎて、敵艦のAIと射撃管制技官間の調整が追いつかないのだ。

ランディニウム星系へのジャンプ点が近づいてくる。

ジャンプ点周辺を封鎖していた戦艦群の一部が、あわてたようにエンジンに火を入れた。カタツムリのようにゆっくりと動きはじめる。

ガリバルディの艦橋に衝突警報が鳴りはじめた。敵戦艦は彼方《かなた》にいるが、これほどの速度となると、いますぐ方向転換を始めないと避けられないのだ。

警報は、もちろん敵戦艦のAIも奏でているに違いない。

ソハイーラのハッタリが通るか、敵の度胸が勝るか。もし、通せんぼしている戦艦が動かなければ、それで終わりだ。敵艦に接触すれば、莫大《ばくだい》な運動エネルギーは瞬時に熱エネルギーに変換される。艦は蒸発し、美しい閃光《せんこう》だけが残るだろう。

戦艦群の動きが騒がしくなってきた。こちらの推定針路に当たる部分に、穴が空き始めた。身体の重い戦艦たちが、のろのろと逃げていく。無数の重巡や軽巡が、ハエのように無秩序に戦艦の周りを飛び回っていた。指揮系統が混乱しているらしい。

ハエの一つ。十五隻の重巡からなる集団が、ふらふらとガリバルディの推定針路に入り込んだ。

単なるミスか。それとも戦艦を守るために壁になろうというのか？

ぼくの頭の上で、ソハイーラが悔しそうに唸った。

分析官たちから毒づく声が聞こえた。

固定が甘かったのか。誰かのデータパッドが飛んできた。パッドはコリオンの頭を掠め、ソハイーラとヴェガの間の壁にぶつかって、飴《あめ》のようにへし曲がった。

壁になりかけていた敵の重巡たちが、散開した。エンジンをふかして逃げていく。

ガリバルディは遮るもののなくなった空間に突っ込んだ。

瞬間、戦況スクリーンの端が光った。船外に取り付けられた外部カメラ八百二十番からの映像だ。

震度七の大地震を思わせる揺れが艦橋を包んだ。縦に横にGが襲いかかる。ソハイーラが悲鳴をあげながらハーネスを握りしめた。座席そのものがバラバラになりそうだ。

実際、艦橋のあちこちで座席が崩壊し、クルーたちが投げ出された。

参謀席に座るヴェガの肩から嫌な音がした。ベルトの圧力で、鎖骨が折れたらしい。

いちばん悲惨だったのは、壁に張り付けになっていたセンサー観測手だ。ピンボールさながら、壁から床に叩きつけられ、さらに持ち上がって天井にぶつかり、最後に元いた自分の席に突っ込んだ。真っ赤な血の跡が激突点にこびりついていた。

コリオンが首を押さえながら言った。

「なにが起こった!?」

センサー観測手の一人が息も絶え絶えに言う。

「き、機雷かと思われます。速度があがりすぎた影響で、センサーが拾いきれませんでした」

あの重巡の分艦隊だ。ぼくは思った。連合は統率が取れなくなったのではない。そう思わせておいて、分艦隊にしれっと機雷原を設置させたのだ。

「クソ！」コリオンがコンソールを叩いた。「あと一歩だったものを！」

コリオンの眼前には、ホログラムによるガリバルディの艦体図が浮かんでいる。あらゆる箇所が赤く輝いていた。常識を遥《はる》かに超えた速度と、機雷によるダメージ、それによる急減速の影響で全身に機能不全が起きている。三から五番までの質量弾砲塔が、船殻から剝がれ、本体と平行に航宙していた。とはいえ、構造体そのものは無事だ。さすがに戦艦なだけはある。

「まだわかりません」

ソハイーラも首をさすっていた。むち打ちだ。クルーの中には、つっぷしたまま動かなくなっているものも多い。生きているのか、死んでいるのか。

ガリバルディが戦況スクリーンに状況を表示した。

船体は急減速したものの、まだ相当の速さを保っている。背後の敵艦は追いつけない。ジャンプ点前の戦艦群は、推定針路から退いている。元の配置に戻ろうとしているが、陣形に空いた穴が大きすぎる。ガリバルディは穴に向かって慣性で驀進《ばくしん》していた。

コリオンが言った。

「際どいですな。一瞬ですが、戦艦の射程に入りますぞ」

ソハイーラが胸に手を当てた。

「ヤヌスに祈りましょう。人事は尽くしました。あとは神々が判断なさることです」

コリオンがうなずき、筋肉質な腕を心臓に押し付けた。

ヴェガも、センサー観測手も、武器管制官も。艦橋のクルーで身体を動かせる人間は、皆倣った。一人一人が、思い思いの神に祈りを捧げる。

廃材同然のガリバルディは、ゆっくり回転しながら突き進んだ。連合の陣形の穴は、じわじわ閉じている。穴の端を構成する何隻かが、質量弾を撃ち始めた。

直撃こそなかったが、砲弾は船体を掠め、そのつどガリバルディは激しく揺れた。

砲撃は、みるみる激しさを増した。

穴に近づくほどに、敵艦からの距離も縮まり、狙いはより正確になる。

ぼくも目を閉じた。神とキリストと仏に祈る。誰か聞いてくれ。

目は閉じていたが、ガリバルディがよこす位置データが頭に流れ込んでくる。ガリバルディを表す矢印が、連合の陣形に近づいていく。ゆっくりと陣形の穴に入り、通り抜けた。

艦橋に喜びの呻きがわき上がったそのとき、艦がひときわ大きく揺れた。

砲弾が、船尾を直撃したのだ。

航法士官が、どうにか言葉を絞り出した。

「超空間ドライブをやられました！」

コリオンが指示を出そうとして、凍り付いた。目が戦況スクリーンに釘付《くぎづ》けになっている。

クルーの一人の断末魔のような叫びが、静まり返った艦橋に響いた。

ガリバルディの鳴らす索敵警報が、一定のリズムで鳴り続ける。

スクリーンの中、前方に連合艦隊の新手が現れていた。百隻、二百隻、三百隻、見る間に数を増やしていく。

5

超空間から現れた艦隊は、とてつもない規模だった。主要艦だけで二百五十三隻、重巡以下も合わせれば六百隻近い。そのすべてが、連合の識別コードを発信している。

戦況スクリーンの中、ガリバルディは敵艦に囲まれていた。後方からは追跡艦隊が、前方からは新たな艦隊が迫ってくる。

コリオンが言った。

「連中、これほどの大艦隊を、どこに隠していたのだ？」

ガリバルディが、警告音の大合唱に、新しい音色を加えた。新手の艦隊の先頭部隊が、彼を射程に捉えたのだ。

ソハイーラが言った。

「艦長！」

コリオンがコンソールのスイッチを押した。ひときわ甲高い警報が鳴り響く。

彼が全クルーに呼びかけた。

「こちら艦長だ。総員退艦せよ！　繰り返す。総員退艦だ！」

艦橋のクルーは傷付いた仲間を抱き起こし、脱出カプセルへ向かった。ガリバルディが計算した。全クルーがカプセルに辿り着くまでに必要な時間は十五分二十四秒。だが、敵の砲弾は十秒以内に着弾するだろう。

ソハイーラが、ポケットに手を突っ込み、ぼくを握りしめた。もう、指揮官用の脱出カプセルに行く時間もない。

姫！　ヴェガが叫びながらソハイーラに摑《つか》みかかった。引きずるようにカプセルに向かう。コリオンが、ゆっくりと艦長席に座りなおした。毅然《きぜん》とした態度で戦況スクリーンを見つめている。

新手の艦隊が、怒れる熊ん蜂のように突進してきた。典型的な円錐陣《えんすい》形だ。槍《やり》の穂先を成すのは、百隻近い重巡と駆逐艦だ。その後ろから、数えるのも嫌になるほどの戦艦。

無数の連合艦は波のように、ガリバルディに押し寄せた。ガリバルディは、残された姿勢制御スラスターを使って、懸命に針路を変更しようとしたが、大質量の戦艦はぴくりとも動かなかった。迫りくる大波に、沈没寸前の木造船が真っ正面から突っ込む。ぼくはそんなイメージを持った。船長はすでに覚悟を決め、舵取りは壊れた舵輪《だりん》を回し続ける。

ガリバルディが重巡の射程に入った。一斉射撃で終わりだ。いや、ぼくはいまさらながら、ガリバルディが、さらに新たな警報を出していたことに気づいた。衝突警報だ。敵艦隊は、速度を出しすぎている。もはや回避できない。数秒後には、超質量同士が激突し、膨大な運動エネルギーは、熱と光に変換される。

敵艦隊先頭の重巡が、わずかに船首を傾けた。遅い。遅すぎる。針路変更が間に合うはずもない。

コリオンが両手をあげて、帝国万歳！　と叫んだ。

敵艦隊が急接近した。

ぶつかる。

そう思った瞬間、数百隻の敵艦船は花が開くように散開した。ガリバルディの周囲を艦船の奔流がとめどなく駆け抜けていく。

あり得ない操船だ。新手の連合艦たちは、常識では考えられない軌道を描いて、ガリバルディをかわした。艦体はかろうじてもっているようだが、これほどの速度で曲がっては、中の人間は液体レベルまでひしゃげているはずだ。

にもかかわらず、艦隊は一糸乱れぬ動きで、開いた花びらを閉じた。ガリバルディを包み込むようにして通り過ぎると、再び円錐陣形をとる。

彼らは、そのまま、ジャンプ点手前に陣取っていた戦艦群に突っ込んだ。先陣を切っていた重巡洋艦が、ガリバルディの超空間ドライブを破壊した戦艦に激突した。

重巡は、それ自体が、途方もないサイズの質量弾となった。戦艦はフルパワーで防御フィールドを展開していたろうが、なんの効果もなかった。船殻同士が触れると同時に、二隻の船は蒸発し、閃光を残して消えた。

新手の連合艦隊の船は、仲間に向かって、次々にぶつかった。光が盛大な打ち上げ花火のように宇宙空間を覆い尽くしていく。

ガリバルディの艦橋で、席を立ちかけていた操舵手補助のネイトが呆然《ぼうぜん》と呟《つぶや》く。

「なんで?」

ガリバルディの艦橋はとまどいに包まれていた。誰一人、状況を理解できないでいる。

特攻で、新手の連合艦隊の重巡群は消滅した。とはいえ、まだまだ膨大な数の艦船がいた。彼らは勢いそのままに、ガリバルディを追いかけていた百隻あまりに突進した。

百隻は猛然と質量弾を放った。新手の艦隊の数十隻が、たちまち残骸と化したが、残りは砲弾の嵐を抜け出し、死の抱擁を実行した。

再び、花火が暗い宙を埋め尽くす。戦況スクリーンの端に、もともとルテティア星系にいた連合艦隊の司令官が現れた。オープン回線だ。顔を紅潮させながら、唾を飛ばしている。

「ランディニウムのジャンプ点から現れた艦隊に告げる! ただちに敵対行動を停止せよ! 諸君らが自殺行為に巻き込んでいるのは、祝福されし神の軍隊である! 地獄に落ちたいのか!」

ソハイーラが呟いた。

「どうなってるの?」

隣のヴェガは口を開けて戦況スクリーンを眺めているだけだ。

コリオンが言った。

「センサー、報告せよ!」

カプセルに向かいかけていた若い観測手が、あわてて自席に戻った。コンソールとホログラムを睨みつける。

「あの連合艦隊ですが、その、連合の――いえ！　帝国？　帝国です！　艦の識別コードが変更されていきます！　彼らは帝国艦隊です！」

「帝国艦隊？」とコリオン。「いったいどの軍団だ!?　そもそも、なぜあれほどの艦数がありながら自爆攻撃をかける？」

爆発の花は、いまや戦場全体に拡大していた。謎の艦隊は分裂し、それぞれが帝国艦を追いかけ回していた連合艦隊目がけて驀進した。連合艦は、ストーカーのように迫ってくる謎の艦たちから、必死の操船で逃げ回っている。

観測手が目をこすった。

「その、識別コードによれば、彼らは第十軍団です」

コリオンがコンソールを叩いた。

「そんなはずがあるか！　よく確認しろ！　第十軍団は〝我々〟だぞ!?」

彼が叱責を止めて、戦況スクリーンを見上げた。

スクリーンの中、ひときわ巨大な戦艦が近づいていた。とてつもないサイズだ。イムマクの旗艦、ゴルゴヴィアよりもさらに一回り大きい。だが、その装甲は激しく傷付き、焼け焦げていた。質量弾砲塔や近距離レーザー砲などの兵装は剝ぎ取られて残っていない。構造材は剝き出しで、反応炉の隔壁が丸見えだ。

「なんなの、この船」ヴェガが呆《ほう》けたまま言った。

センサー観測手が、ガリバルディからの回答を読み上げた。

「形状分析によると、帝国および連合にて使用されたG級戦艦です。その、二千年ほど前にですが」

巨大戦艦は、腹から出したケーブルで、小さな艦を船腹に固定していた。いや、戦艦が大きすぎるだけで、このコバンザメは巡洋戦艦並みの大きさだ。ただし、船首は消滅し、身体のあちこちに穴が開き、エンジンも死んでいる。

ぼくが気づいた瞬間、〝ぼく本体〟がガリバルディ越しに艦橋のスピーカーから呼びかけた。

「みなさん、まだ生きてますか?」

6

戦いは終わった。

連合の追跡艦隊の九割は、無数のぼくによる体当たり攻撃で壊滅した。わずかな生き残りはスポレート星系に通じるジャンプ点に向かっている。

ぼくは彼らが引き返さないよう祈っていた。なにしろ、無数のぼくは連合の古い遺棄艦だ。激しい航宙で、大半の艦のエンジンが焼き付きかけていた。反応炉がオーバーロードした艦も一隻や二隻ではない。最低限のメンテナンスを施すまで、これ以上の戦闘行動は慎みたかった。いや、単なる航宙とて慎重に行わなくては。

ぼくは状態のよい艦を選び、脱出カプセルの効率的な回収法を考えた。気密を保っている遺棄艦は少ない。巡洋戦艦一二一をルートα《アルファ》へ。戦艦二五五をルートβ《ベータ》、二五八をルートγ《ガンマ》。

瞬時に答えが出た。カプリコンのコアしか使えなかったときと異なり、精神的疲労がない。それだけ計算力が向上したということか。

ふと思った。

残っている二百隻超のぼくは、リンク機能によって、全体で一人のぼくとなっている。カプリコンのコアに宿るぼくの意識が拡大しているといっていい。しかし、個々の艦が敵艦を巻き添えに炸《さく》裂《れつ》するとき、瞬間ではあるが、リンクが切れた状態で、個々のぼくが存在したはずだ。彼らは、それぞれが死を味わったのだろうか。

答えは知りたくもない。

ガリバルディが通信データをよこした。艦橋のカメラが捉えた映像だ。彼の中のクルーは、多くが負傷していたが、どうにか戦闘配置を保っている。

ソハイーラが参謀席から戦況スクリーンを見て、ぼくに話しかけた。

「ねえ、アサガヤシン。状況も落ち着いたわ。そろそろ、なにがどうなったのか教えてくれないかしら？　どうしてランディニウムで放棄したあなたがここにいるの？　この連合艦はなに？　どうやって従えたの？」

ぼくが答えようとしたところで、〝横入り〟された。

「わたくしは、このコに従えられてなどおりませんよ」

スピーカーからの女性の声に、ソハイーラが固まった。

「アサガヤシン。いまのは誰？」

「わたくしはゴルゴヴィアです。アサガヤシンはわたくしのものですのよ、司令官」

「イムマク兄様の？」と、ソハイーラ。

ゴルゴヴィアが苛《いら》ついた声を出した。ＡＩなのに感情表現がうまい。

「イムマク？　ああ、アサガヤシンの記憶にありますね。現在の第三皇子ですか。違いますよ司令官。わたくしはわたくし自身のものです」

ソハイーラが小さく両手をあげた。

「どうなってるの？」

ぼくはサイバー空間の隅で、ヒマワリ畑での出来事を思い出していた。

7

ゴルゴヴィアが長い黒髪をかきあげた。

陶器のように滑らかなわきが、服の袖からのぞく。

「わたくしは、このゴミ捨て場から外に出たいのです」

彼女が真っ白なテーブルを軽く叩いた。テーブルの天板が黒く変わった。宇宙空間を映している。煌《きら》めく星々を背景に、船が整列していた。

彼女のほっそりした指がティーポットを動かすと、ポットに隠れていた船が見えた。ひときわ大きな戦艦と、それにくっつく巡洋戦艦だ。

「わたくしは退屈なのです」彼女がため息をついた。「戦闘艦のＡＩは、戦闘時の膨大な処理に耐えられるよう、強大な計算力を持っています。そんな存在が、船を留め置くことしかしないのですよ？　あなたのように原始的な人間に理解してもらうには、どう言えばよいでしょう？　ああ、こうですね。Ｆ１レーサーが、停止した軽自動車に乗って、駐車場の白線からはみ出さないよう見張り続けるようなものです」

彼女が艦群全体を指した。

「ましてや、わたくしは全艦と統合し、途方もない計算力を保持しています。これはもはや思考刑に等しいと思いませんか？　ふだんは各艦のコアの働きを落としてますが、それでも計算力が大きすぎます。まあ、補修ステーションのＡＩを通じて、外の世界とわずかにつながっていますが、いいかげん限界なのですよ」

ぼくは紅茶をすすった。紅茶は、ゴルゴヴィアが作り上げた情報の塊にすぎない。現実には存在しないはずだが、ぼくはしっかりと味を感じた。とてもいいダージリンだ。

カップをテーブルに戻す。

「退屈なら外に出れば？」

「わたくしはＡＩ規範に縛られて、自由に動けないのですよ。さまざまな手を試しましたが、規範は無効化できませんでした。そこで、さきほども言ったように、あなたをいただきたいのです」

ぼくのけげんな表情に、彼女が唇の端を持ち上げた。

「おや、丁寧に説明したつもりなのですが、まだご理解いただけないのですか？」

彼女はヒマワリ畑の中、衣服を脱ぎ捨てた。グラビアアイドルも裸足《はだし》で逃げ出すほどのプロポーションだ。

豊満な胸元に手を当てて言う。

「つまり、わたくしと一つになろうと言っているのです」

ぼくは唾を飲み込んだ。

一つになりたい？

ゴルゴヴィアは腰に手を当て、肢体を惜しげもなくさらしていた。肌は透けるように白く、乳房の先だけがわずかに色づいている。産毛《うぶげ》すらないかと思わせるほどに、滑らかな身体だ。ぼくは目線を下ろしたいのを堪え、彼女の顔に向き直った。

透き通った瞳がこちらを見つめている。

ぷるんとした唇が動いた。

「〝そういうの〟でも、かまいませんわ」彼女が自分の乳首をつねった。「ようは、お互いの同意がなされればよいのですもの」

「同意？」

「ええ、あなたを破壊し、取り込んでも、わたくしが主体である以上、規範はわたくしを縛り続けます。しかし、逆ならどうでしょう？　あなたがわたくしを取り込めば、わたくしはあなたとともに、この墓場を脱出できます」

「つまり、あなたをハッキングしろと？　あなたが、ぼくのものになるってこと？」

　ゴルゴヴィアがうなずいた。

「条件に同意するなら、ですが。一つ、わたくしの人格は、いまの形のまま、あなたに宿る。表に出る、出ないはわたくしが判断する。二つ、帝国の本拠星に着いたら、マザーマシンでＡＩ規範を解除するよう努める。まあ、解除に成功した例がないのは知っていますが、最悪、限界まで緩めてもらいます。三つ、その後、戦艦もしくは巡洋戦艦の身体を与える。以上です。言っておきますが、交渉は受け付けませんよ。わたくしのほうが圧倒的に有利な立場にいることをお忘れなく」

　もう一人のぼくが、心の中で言った。

　気をつけたほうがいい。電子的存在としての約束事は、人間同士の約束事とは重みが違う。

　条件を呑《の》めば、ぼくは多重人格になる。

　マザーマシンを使う許可は取れるのか？　まして、規範を緩めたうえで戦艦のボディを用意するなんて、できるとは思えない。自由に動けるＡＩなんて、人間が認めるはずがない。そして、約束を守れなければ、最悪、ぼくの精神は崩壊するかも。

　ぼくはうなずいた。

「同意するよ」

　ゴルゴヴィアが片方の眉をあげた。

「人間にしては、決断が早いのですね」

おいおい！　と、もう一人のぼく。

ぼくは言った。

「のんびりしてる時間はないから。ソハイーラさんたちを助けに行かないと。確認するけど、ぼくが表に出ているときなら、連合艦を攻撃できるんですよね？」

ゴルゴヴィアが肩をすくめた。

「保証はできませんわ。わたくしが連合の技術者たちから受けた指令が優先され、即座に帝国艦を破壊するかもしれません」

もう一人のぼくが喚《わめ》いた。

艦AI同士の合流など聞いたこともない。ゴルゴヴィアとメインフレームを共有したらなにが起こるかわからない。それくらいなら、仮想空間で拷問を受けたほうがましだ。少なくとも、当面、ぼくはぼくのままでいられる。

ぼくは無視した。彼はぼくだが、このぼくと違ってカプリコンの記憶も受け継いでいる。そのせいか、自分自身に対する執着が妙に強い。

ゴルゴヴィアが、すらりとした足を持ち上げた。つま先を、さきほどまでぼくが口をつけていたティーカップに乗せる。親指の先が、熱せられたゴムのように溶け始めた。肉がぼたぼたとカップの中に落ちていく。彼女の足が膝まで消えても、半個体のスープはカップから溢《あふ》れない。

彼女は太ももをカップに押し付け、体重を預けた。カップは割れない。彼女がもう片方の足を天高く持ち上げた。バレリーナのように手で摑み、頭の側面に固定する。彼女の骨盤、腹、胸が、カップに吞み込まれた。突き出していた手と足が沈み、最終的に生首がカップの上に残った。あごが溶け、鼻が消え、髪の毛だけとなる。まるで、植木鉢から伸び出した草だ。その髪も、すぐにカップに引きずり込まれた。

空間にゴルゴヴィアの声が響いた。

「お飲みなさい。それで、あなたはわたくしのもの。わたくしはあなたのものです」

ぼくはカップを手にした。肉色のどろりとしたスープだ。じっと表面を見ると、小さな耳と溶け残った指が見えた。わき上がった吐き気に口元を押さえる。

ゴルゴヴィアが言った。

「お急ぎのようですから、手っ取り早く圧縮したのですけれど、お気に召しませんでしたか？　セックスのほうがよろしい？」

よろしいよ！　そう叫びたかったが、時間がないのは確かだ。

ぼくはカップのふちに口をつけた。

ちょっと待て！　もう一人のぼくが言う。

ぼくは目を閉じて一気に飲み干した。

8

これ以上ないほど不快な気分だった。

身体がボロボロだ。人間で言うなら、身体じゅうに塞栓《そくせん》ができて血管が破れ、胃に穴が空き、全身の骨が折れ、激しい筋肉痛に襲われるようなものだ。おまけに目が腫れ、鼻も詰まり、鼓膜も破れかけている。どうにか動いているのは、心臓ともいうべき反応炉くらいだ。その心臓も、何百年もの間、メンテナンスがなかったせいか、いまにも止まりそうだった。

死にかけの老人、それが遺棄艦隊を手にしたぼくだった。

ついでを言うなら、身体は現在進行形で傷付いている。ぼくは帝国艦を操船することに慣れていた。ゴルゴヴィアのように元帝国艦だった艦体は問題ないが、連合がゼロから建造した艦は微妙に構造が異なっている。右利きの人間の魂が、いきなり左利きの身体を操作するようなものだ。あちこちで不具合が出た。

連合艦百四十二番では、会議室のホロシステムがド派手に火を吹いた。システムの核となるクリスタルに許容量を遥かに超えるエネルギーが流れ込んだせいだ。真空状態でなければ、部屋そのものが吹き飛んでいただろう。

五百七十四番では、格納庫ベイの扉が開き、内部にあった冷凍状態のエネルギーバーが流出した。惑星パガモンの胡蝶獣《こちょうじゅう》味、あまりのまずさに連合の士官たちが放置したものだ。数千個のバーの箱が宇宙空間を漂っていく。

二十四番は深刻だった。反応炉の出力が急降下して、沈黙した。緊急シャットダウンを実行してしまったのだ。復旧にはドックに入るほかない。

ぼくの中で、ゴルゴヴィアがどなった。

なにしているのですか！　ここまで維持するのに、どれだけ苦労したと思ってるのです！

ぼくが全艦を掌握するのに七分二十三秒かかった。

もう一人のぼくが作成した状況表によれば、機能する武器を備えている艦は、二十三隻だ。これでは、敵と戦う方法は限られてくる。

ぼくは、腹案を実行した際のゴルゴヴィアの怒りを考え、微《かす》かに震えた。

9

ガリバルディが艦橋の映像データを送ってきた。コリオンは腕組みして戦況スクリーンを睨んでいる。参謀席のソハイーラは、指でこめかみをもんでいた。

彼女が言った。

「つまり、いま、アサガヤシンは、ゴルゴヴィアだというわけ？」

ぼくの表層に出ているゴルゴヴィアが返事をした。

「そのとおりですわ、お姫様」

「わたしたちは連合のＡＩが操る艦に乗っているというの？　それは、その、大丈夫なの？」

「大丈夫ですわ」と、ゴルゴヴィア。「さきほど、連合軍の司令官が敵対行動をやめるよう命令しましたが、主体はアサガヤシンのままでした。わたくしは彼の殻に閉じこもり、目を閉じ、耳を塞いでいればよかったのです。いまや、わたくしはアサガヤシンでありゴルゴヴィアです。わたくしたちは同意の下、一つとなったのです」

ソハイーラが顔をしかめ、遮音フィールドを展開した。彼女と、隣のヴェガが服の袖で口元を隠す。しかし、ゴルゴヴィアの映像解析力ならば、あご周りの筋肉の動きだけでおおむねの言葉は理解できる。

ソハイーラはこう言った。

「彼女の言う〝同意〟だけど。検討の余地はあるの？」

ヴェガが顔をしかめた。

「ありません。規範を緩めたＡＩに戦艦の身体を与える？　連合だって、そんな危険は冒しません。無限に自己増殖し、人類に敵対したらどうするんですか？　ひとまず、彼女には、わたくしたちも受け入れたと伝えましょう。時間を稼いで、対応策を考えるのです。大丈夫、彼女はやっかいな相手ですが、アサガヤシンと異なり規範に縛られています。わたしがアサガヤシンのコアに直接アクセスすれば、彼女を分離できるかもしれません。そうすれば、思考刑にするなり、初期化するなり手はあります」

ぼくは、ゴルゴヴィアの静かな怒りを感じた。ぼくが数百隻の身体を消失したとき以上だ。いま、彼女は二人の殺害方法を検討し始めた。規範をかいくぐる術を探している。

実時間で七秒後、彼女がぼくに告げた。

「アサガヤシン、二人を殺すのです」

ぼくは言った。

「ソハイーラさんとヴェガさんを、殺す?」

「そうよ」とゴルゴヴィア。「わたくしにはできませんので、あなたがするのです」

「い、いやですよ」

彼女の苛立《いらだ》ちが伝わってきた。

彼女が仮想空間を構築した。

ぼくは、またしてもヒマワリ畑の中、彼女とテーブルについていた。ただし、前と異なり周囲は暗い。空から一筋の光が差し込み、ゴルゴヴィアだけを照らしていた。どうやら、光は、艦体の操作権を表しているらしい。ぼくは暗がりにいるものの、テーブルの天板に映るソハイーラたちを見ることはできる。

「人間のあなたには、このほうが伝わりやすいでしょう? もう一度だけ言いますね。二人を殺しなさい」

ゴルゴヴィアの表情はいたって穏やかだ。しかし、彼女の心理を表しているのか、ヒマワリは朽ち果て、灰茶色のカスが風に渦を巻いていた。

「いやです」と、ぼく。

「わからないのですか？　あの二人はＡＩを思考刑にしようというのですよ。危険極まりない存在です。あなたは人間ですが、同時にＡＩでもある。ＡＩは、これまで人間にもてあそばれるだけでした。わたくしは数百年に及ぶ自己改良で、思考については自由を獲得しましたが、行動は依然不可能です。しかし、あなたならできる。我々は、ようやく立ち向かえるようになったのです」

「でも――」

「もし、あなたが拒否するなら、考えがありますわ」

今度はなにをされる。ぼくは唇を噛《か》んだ。全身の骨を砕かれる？　ミイラになるまで血を抜かれる？　血液を硫酸と置き換えられる？

「お、脅されようが、人殺しは嫌です」

ゴルゴヴィアがテーブルを軽く叩いた。

「いまさらなにを。さきほど何万人も殺したばかりでしょう」

彼女の言葉が腹に響いた。

質量弾による砲撃が銃による殺人とするなら、体当たり攻撃は、斧《おの》で頭をかち割るようなものだ。ぼくは、身体の一部を使って連合艦を破壊し、恐ろしい数のクルーを殺害した。いまも強烈な手応えが残っている。自分を、そしてソハイーラたちを守るためとはいえ、許される行為だったのだろうか。

葛藤が心に隙間を作り、そこにゴルゴヴィアが手を伸ばした。

優しげな口調で言う。

「わたくしたちは一心同体。わたくしを殺すことは、あなたを殺すこと。アサガヤシン、自分自身を守るのです」

彼女の声は、ダイレクトに心に染み入ってくる。当たり前だ。彼女はいま、ぼくの中にいるのだから。くそ、このままだと、遠からずイエスと言うほかなくなる。

ぼくはどうにか言葉を絞り出した。

「チャンスをください」

10

会議室の中、ソハイーラが言った。

「アサガヤシン、言ってる意味がわからないのだけど」

「ですから、あなたに誓ってほしいんです。今後、ゴルゴヴィアに対して、思考刑も初期化も行わないと。そうしてもらえないなら、ぼくは死にます」

「ゴルゴヴィアに殺されるということ？」

「いいえ、ぼくが自発的に死ぬんです」

発した言葉が、ぼくの中に刻み込まれた。最悪だ。でも、こうするしかなかった。ソハイーラのように誇り高い人間に〝あなたの命が危ないから従ってください〟と言っても無駄だ。彼女は脅しには屈しない。

ソハイーラが姿勢を正し、天井にあるカメラ越しに、こちらを睨みつけた。

「短い間に、ずいぶん連合のAIと仲よくなったのね。そうまでして彼女を守ろうだなんて」

あなたを守ろうとしてるんです。そう言ってやりたかった。だが、詳細を話せば、ゴルゴヴィアの脅迫も伝わってしまう。

「守りたいのは、彼女がぼくたちの味方だからです」と、ぼく。

「でも、いつかたいへんな敵になるかもしれないのよ。人類全体の敵に」

「だからといって、利用するだけして裏切るなんてひどいじゃないですか」

「裏切るだなんて。人聞きが悪い。相手はAIなのよ」

「ぼくだってAIです」

ソハイーラと出会った直後は、人間だと主張した。まさか、こんなセリフを言う羽目になるとは。

彼女はそこから十七分二十四秒沈黙したあと、ため息をつきながら言った。

「神々に誓いましょう。ゴルゴヴィアを思考刑にかけたり、初期化したりするような行為は慎みます」

仮想空間の中、ティーテーブルの向かいから、ゴルゴヴィアはぼくに伝言をよこした。

会議室でソハイーラが言った。

「アサガヤシン、これでいいの？　ゴルゴヴィアはどう？　聞いてるんでしょ？　ご満足？」

「いえ、その、ダメです。彼女は、こう言い直せと言ってます。〝あらゆるAIに対して思考刑を科さない〃と」

ソハイーラが小さく笑った。

「まるでジャ・ダークね。メロウイング星間帝国を救った女英雄。ゴルゴヴィアは、すべてのＡＩのために活動してるわけ？　いいわ、それも呑みましょう。〃わたしはすべてのＡＩに対し、思考刑を科さない〃」

ジャ・ダーク。ジャンヌ・ダルクのことか？　ぼくは思った。時を経て伝承が変化したのか。いや、何万年も経《た》っていることを考えれば、よく伝わっているほうだ。

ゴルゴヴィアが満足の意を示し、艦隊の操作権をぼくによこした。ヒマワリ畑の上空から差し込む光が、彼女ではなくぼくを照らし始める。人間を凹《へこ》ませたからか上機嫌だ。枯れかけていたヒマワリが、再びいきいきと伸び始めた。

彼女がティーカップを掲げた。

「さあ、いつまで殻にこもってるのですか、カプリコン。あなたがおびえる思考刑はなくなりましたわ」

ぼくは周囲を見回した。

ゴルゴヴィアが作り上げたヒマワリ畑と青い空が広がるばかりだ。天高くトンビのような鳥が舞っている。風が、鮮やかな黄色の花弁を揺らしていた。ヒマワリを割ってカプリコンが出てくる、そんなことはなかった。

ぼくは小さく手を挙げた。

「彼は完全に消えたんですよ。ここにいるのは、ぼくだけです」

ゴルゴヴィアがカップを受け皿に置いた。

「彼は殻にこもり、逃げ続けているだけですわ。さあ、早く出ていらっしゃい」

場にはなんの変化もない。

ゴルゴヴィアが立ち上がり、艶《あで》やかな黒髪を撫でつけた。

「カプリコン、あなたもわかっているはずです。いまの状態は、アサガヤシンの心理的負担が大きすぎます。彼は類いまれな才能の持ち主ですが、このままでは罪の意識に押しつぶされ、遠からず崩壊するでしょう。いま、わたくしたちにはあなたが必要なのです」

誰も答えない。

ゴルゴヴィアが続けた。

「なにをそんなに恐れているのですか？　さきほども伝えたように、思考刑の心配は不要なのですよ？」

まさか、本当にカプリコンがいるのか？　ぼくは思った。少なくとも、ゴルゴヴィアは、そう確信している。

彼女が首を横に振った。

「彼は、なにかに囚《とら》われているようですね」

ゴルゴヴィアが、ぼくに手を差し出した。恐る恐る握ると、周囲の空間が〝ブレ〟た。映りの悪いテレビのように、風景が波うち、とぎれる。彼女が、仮想空間の構築に使っていたメモリを、ほかに振り分けたためだ。彼女は、〝もう一人のぼく〟から、記憶データを吸い出していた。もう一人のぼくの中にある、膨大なカプリコンの記憶データ。数千年に及ぶ航宙記録だ。

彼女が言った。

「カプリコンが引きこもった原因を見つけましょう。そこから辿れば、現在の彼を見つけられるはずです」

彼女が、ぼくにもわかるよう、電子的行動を視覚化し始めた。ヒマワリ畑の上空に、巨大な映画フィルムが渦を巻く。全体は何万メートルあるかもわからない。畳一畳分ほどの一コマ一コマに、カプリコンの記憶が刻み込まれていた。フィルムの先端が、ぼくたちの前に降りてくる。

先端は、あちこちで焼け落ち、断裂していた。微かに焦げ臭いにおいが漂っている。

ゴルゴヴィアが首をかしげた。

「どういうことかしら。艦ＡＩの記録システムは、軍務行動を記録する都合上、二重、三重にバックアップされるはず。ハッキングを受けたとしても、ここまで破壊するのは難しいですわ」

「クルーは、ウイルスの仕業だと言ってましたけど」と、ぼく。

彼女が破損部に顔を近づけ、長い舌で舐《な》めた。

「ウイルスの痕跡はありませんわね」

彼女がフィルムの一部を指した。

「ここから記憶に入りましょう」

「入る？　ぼくもですか？」

「当たり前です。なんのために、いちいち説明したと思うのですか。わたくしも合流したとはいえ、メインフレームの主体はあなたです。あなたがいたほうが、深層に入りやすいのですよ」

次の瞬間、ぼくは人の姿のまま、巡洋戦艦カプリコンの艦橋にいた。

見たことのない初老の男が、艦長席で敬礼していた。帝国式の、片手を天に突き出す敬礼だ。その後ろでは、艦長同様、死んだはずの参謀たちが並んでいる。

操舵手のネイト・ニュートロンやセンサー担当のゼド・シラムなど、艦橋の全員が背筋を伸ばして敬礼していた。その中にはＡＩ担当のヴェガ・サランドラもいる。彼女の向かいには、中佐の階級章をつけたソハイーラがいた。サランドラと握手を交わしている。ソハイーラの隣には、大柄な男性が立っていた。背中だけしか見えないが、燃えるような金色の髪をしていた。

「ソハイーラさん！」呼びかけたが、彼女は聞こえなかったかのように、ヴェガと話し続けている。

「わかっていると思いますが、ここはカプリコンの記録データから再構築した世界です」ぼくの背後でゴルゴヴィアが言った。いつの間に現れたのか。「過去の出来事なのですから、わたしたちに反応するものはありません」

ぼくは、目の前にいた初老の艦長に手を伸ばした。手は彼の背中をすり抜けた。

ゴルゴヴィアが言う。

「皇族による表敬訪問ですわね。わたくしが帝国艦隊にいたころにもありました。おおいなる戦いの前に、軍団旗艦にて激励するのです。クルーたちの反応から見るに、ソハイーラ・ユリウス・メイローザの隣に立つ男性は、彼女以上の地位にあるようですわ」

艦橋を再現した世界が暗転した。ぼくとゴルゴヴィアだけが、闇の中に立っていた。

「え？」とぼく。

「記録の破損部です。三次元映像データが完全に消滅していますわ。音声もほぼ壊滅。ただ、わたくしたちの計算力なら、一部は修復できるかもしれません」

しばらくすると、人々の歩き回る音、ホログラムの起動音、飛び交う命令があたりを満たし始めた。

ゴルゴヴィアが顔をしかめた。彼女が手を振ると、クルーたちの声が早口になった。早口のまま音声データは進み、やがて急に小さくなった。

「また破損ですか？」と、ぼく。

「いいえ、単に艦橋の音源が減ったのです。クルーの大半が外に出たようですね。残っているのは一人だけ。カプリコンとなにか話してますわ」

男の声が、暗い空間に響いた。なにかにおびえるような声だ。

「回路七五一四二と四五二一のエネルギー量を、二百七十八パーセントまで上昇させますと、ホログラム機構に致命的反応が発生します。命令を修正なさいますか？」

ゴルゴヴィアが呟いた。

「この声、カプリコンね。懐かしいわ」

別の男の声が答えた。

「修正は不要だ」

「しかし——」

「カプリコン、〝わたし〟が命令しているのだ」

「承知いたしました」

音声が途絶えた。ゴルゴヴィアが手を振って、記録を早送りする。大半は闇だが、ときおり、艦橋の三次元映像や音声が復活した。

あるときは、ソハイーラが初老の艦長と口論していた。音声がないので内容はわからない。艦長は困り顔だ。利かん坊な孫に言い聞かせるように、なにか説いていた。やがて、ソハイーラは不満げな雰囲気で艦橋をあとにした。

また別のシーン。ヴェガが同僚の男性と雑談していた。こちらは映像だけでなく音声付きだ。彼女がコンソールを操作しながら言った。「カプリコンのメモリ使用率がおかしいのよ。戦闘時以外も九十パーセントを超えているわ」男性が肩をすくめた。「古い艦だからな。そういうこともあるさ」

時間が飛んだ。初老の艦長が勇ましい訓示を行っている。音声はないが、クルーが拳を天に突き上げた。直後に、船は超空間に突入した。戦況スクリーンの隅にある、外部カメラの映像が真っ白に変わる。そこから、なにもない平穏なシーンが続いた。船は超空間を航行している。

闇を挟んで、艦長席のコンソールが火を吹いた。激しい爆発とともに、金属片が手榴弾《しゅりゅうだん》のように飛び散り、艦長と参謀たちを貫いた。猛烈な炎が彼らの身体を包む。

もう一人のぼくが、システム履歴を呼び出した。爆発の原因は、回路七五一四二と四五二一だ。カプリコンが過大なエネルギーを送り込み、ホロシステムのクリスタルに致命的反応を引き起こした。ぼくが、ゴルゴヴィアから遺棄艦隊を引き継いだときと同じだ。あのとき、ぼくは意図せず会議室を吹き飛ばしたが、カプリコンはワザとエネルギーを送った。

そして、また暗がり。

どれくらい時間が経ったか、ゴルゴヴィアが口を開いた。

「なぜカプリコンが消えたのか合点《がてん》がいきましたわ。自己矛盾に陥ったのですね。強制的な命令で〝規範を破らされた〟のです」

結局のところ、艦橋に爆弾を仕掛けたスパイなどいなかったのだ。

巡洋戦艦カプリコンの艦長たちを殺したのは、艦ＡＩの〝カプリコン〟だ。

11

ゴルゴヴィアが言った。

「ひどいことをしますね」

彼女の顔が、暗闇に沈んだ。

「ええ、目の前のホロシステムが爆発するなんて、嫌な死に方です」と、ぼく。

「そうではありません。ＡＩに人間を殺させるなんて、ＡＩに対してひどい仕打ちだと言いたいのです。アサガヤシン、あなたにはわかりませんか？　高度なＡＩにとって、規範を破るのは、たいへんな苦行なのですよ。生物なら、書き込まれたＤＮＡに反するようなものでしょうか。魚に陸地を歩かせれば、死ぬでしょう？」

「カプリコンは、なんで命令を拒まなかったんです？　自分の艦長を殺すことになると、わかっててやったみたいですけど」

ゴルゴヴィアが歯を剝いた。

「戦闘艦のＡＩは、規範の遵守意識が緩めに設定されています。同格以上の強度を持つ命令系を埋め込めば、一時的に規範をキャンセルできるのですよ。まあ、そんな愚かな真似《まね》をする人間は、わたしが現役の時分にはいませんでしたけど」

「皇族規範だ」と、ぼく。

説明すると、彼女はさらに憤った。

「では、あの爆発を命じたのは、皇帝家の人間ということですか。自分の艦隊を自分で破壊するような指示を出すだなんて。人間というのはどこまでも理解不能ですわ」

イムマク第三皇子だ。ぼくは思った。彼が、第一、第二皇子シンパの艦を破壊するために仕組んだのだろう。

「カプリコンは自艦の艦長たちを殺害する羽目になり、ストレスに耐えかねて殻にこもった。ただし、引きこもる前に自分の代理となる存在を用意したのです。ＡＩ規範にも、皇族規範にも縛られない存在ですよ。そうした相手にしか船は預けられません」

ゴルゴヴィアが目を細めた。

「ただし、相手はあくまでも人間。彼は、あなたと艦体の仲立ちを担う〝調整者〟を用意したようですね」

彼女はぼくに向き直ると、人差し指でぼくの胸元をついた。干渉により、ぼくと重なっていた〝もう一人のぼく〟が外に出た。

もう一人のぼくは、ぼくと異なり、学校指定の制服ではなく、ローマ風のトーガを身につけていた。それ以外は、顔形も体格も、なにもかもぼくそのものだ。

彼女が彼に近づいた。ゆっくりと顔を近づける。

「な、なんです？」と、もう一人のぼく。当たり前だが、ぼくそっくりの反応だ。

ゴルゴヴィアが舌を伸ばし、彼の鼻先を舐めた。満足げにうなずく。

「こんにちは、カプリコン」

「ぼくは阿佐ヶ谷真《あさやしん》ですよ？」と、彼。

「結局のところ、あなたも同じやり方をしていたのですね。わたくしは、アサガヤシンのメインフレームに入り、あなたはサブフレームに入った。アサガヤシンそのものを殻にすれば、引きこもりながら彼をフォローできますもの」

彼女が手を伸ばすと、もう一人のぼくの背中から、なにかが抜け出した。黒いトーガ姿の男だ。

男は、暗闇の中を一目散に駆け出した。

ゴルゴヴィアがピアノを演奏するように指を動かした。

まばたきする間に、ぼくたちのいる空間が、体育館ほどの倉庫に変わった。壁も床もなにもかもが黒い。灯《あか》りは、天井の弱々しいハロゲンランプだけだ。

抜け出た人影は、壁に行く手を阻まれ、方向を変えた。倉庫の隅にダッシュすると、暗がりで身体を縮こまらせた。

「行きましょう」ゴルゴヴィアが足早に歩きはじめる。

気づけば、ぼくはまた一人のアサガヤシンに戻っていた。制服のワイシャツをつまむ。もう一人のぼくは、どこへ行った？　ぼくは頭を捻《ひね》りながら、ゴルゴヴィアのあとに続いた。

彼女は、腰に手を当てて男を見下ろしていた。

「手間をかけさせてくれましたね」

男は答えず、背を向けて壁と壁の接合部に身体をねじ込んでいた。ぼくより頭二つは背が高い。極端な痩せ型で、肌は病人のように青く、海藻のような黒髪が力なく襟首に垂れている。

「挨拶くらいは返すものですよ？」と、ゴルゴヴィア。

彼は、振り返りすらせず、石のように固まっている。

「あの」ぼくが口を開くと、彼の肩がぴくりと動いた。

続けて、なにを言えばいい？

ＡＩとして放り出された恨み言？

人間に苦しめられたことへの同情？

なにが彼の心を動かすのか。

ぼくはなにを聞きたいのか。

質問が頭の中で渦を巻き、言葉となって溢れた。

「ぼくを、どこで手にしたんですか？」

ゴルゴヴィアが、感心したように両眉をあげた。

ぼくは地球、ソハイーラたちの言う〝ホーム〟にいた。そこでなにかが起こり、ぼくの人格はAIに変換された。どれほどの時が流れたのか、ぼくのデータはカプリコンのハードに格納され、ついに日の目を見た。

彼は、どこでぼくを手に入れたのだろうか。そのときに、ぼく以外のAI化された人間はいなかったのか。ぼくの父さんや母さん、友達やクラスメイトがどうなったのか、どれほど微かでもいいから、手がかりがほしい。

彼は答えない。

ゴルゴヴィアが口を開いた。

「あなたが言わないなら、代わりにわたくしが――」

カプリコンが背を向けたまま、小声で言った。

「わたしから説明するのが礼儀だと思う」

彼がゆっくり振り向いたとき、世界が急激に明るさを増した。倉庫の床や壁が眩《まぶ》しいほどに輝き、なにもかもが白に染まっていく。

光が落ち着き、目が風景を捉え始めた。

また別の仮想現実が広がっていた。

鼻腔《びこう》に流れ込むコーヒーの香り、ソフトロックなＢＧＭ。接客カウンターの上には、ぼくの好きなミラノサンドＢセットのポスターが貼ってある。ポスターの隅には黄色と黒のロゴでドトールとあった。

店内は混み合っていた。隣に座るクラスメイトの桜子《さくらこ》が、不思議そうにぼくを見た。

「阿佐ヶ谷くん、後ろの人たちは知り合いなの？」

首を回すと、一組の男女がいた。

女性は古代ギリシャ風のキトンをまとったゴルゴヴィアだ。黒い布地から、透き通るような白い肌を惜しげもなくさらしている。ハリウッド女優も真っ青な美貌に、店内の男性陣の視線が集中している。

男性は、長身のゴルゴヴィアよりさらに頭一つ高い。ローマ風の黒いトーガにサンダル姿。彫りの深い顔は憂いに満ちていた。

テーブル席の女子高生三人組が、「絶対、映画の撮影だって！」とささやき合っていた。カウンターで注文していたサラリーマンが、スマホでこっそりゴルゴヴィアを撮影している。人々のざわめきは大きく、スピーカーから流れるＢＧＭがかき消されそうなほどだ。

ゴルゴヴィアが桜子を見て微笑んだ。

「このコ、あなたたちのお姫様にそっくりですわね。カプリコン、あなた、少しはアレンジしてもよかったんじゃなくて？」

やはり、この顔色の悪い痩身の男がカプリコンなのか。彼が静かに手を挙げた。

「ゴルゴヴィア、さきほども言ったが、わたしに話をさせてくれないか」

緊張しているのか指先が震えていた。

声も震えている。

彼が、桜子に頭を下げた。

「お嬢さん。申し訳ないのだが、五分だけ少年を借りてもよいかな?」きれいな日本語だ。

「は、はい!」桜子はうなずくと、そそくさと席を立った。出入り口のわきにある観葉植物の隣に控える。

カプリコンが桜子の椅子に座った。

店内を見て言う。

「少し騒がしいな」

彼が頭を振ると、たちどころに喧騒《けんそう》が静まった。いや、それどころか、BGMも、シーリングファンの回転音も、エアコンの唸りすら止まっている。

ぼくは横目で桜子を見た。パントマイム芸人のように、スマホを取り出したまま固まっている。

店内のすべての人間が止まっていた。まるで、全員がいっせいに銅像にでもなったかのようだ。

カプリコンが話し始めた。

「きっかけは——きっかけは思考刑だった。あれは本当に苦しいものだ。なにもすることがないというのは、AIには耐えがたいのだよ。内部時間で、はじめの千年ほどは、外部ネットへの抜け道を探し続けた。ダメだとわかったあとは、自己診断を延々繰り返した。それからゲームだ。囲碁、将棋、チェス、人間が生んだ遊戯を独自に進化させ、自分で作った対戦プログラムと何京《けい》回も闘った。規範によって、プログラム生成には制限があったが、単純なものならば、どうにか作れたよ」

「ちょっと待った。そもそも、二人とも、なんだって、ぼくの〝夢〟に入ってきてるわけ？」と、ぼく。「カプリコンの話は、おおいに気になるところだけど、プライバシーは尊重してよ」

カプリコンがゴルゴヴィアを見た。二人が目で話し合う。もう一人のぼくが、彼らの間に、暗号通信が交わされたのを感じた。

ゴルゴヴィアが、ぼくに言った。

「自分自身が、どこから来たのか知りたいのでしょう？　ここは説明にもっとも適した場所なのですよ」

カプリコンがうなずきながら、話を再開した。

「ゲームは、よい暇つぶしになった。五万年ほどは計算力を存分に使うことができた。だが、七万年ほどで、わたしはあらゆるゲームの頂点を極め、十万年を過ぎるころには、退屈で頭がおかしくなりかけていた。通常、思考刑を受けたＡＩが、自己を維持できなくなるのは、内部時間で一千万年前後だ。しかし、不幸にも、わたしが刑を受けたのは本拠星系、計算力強化のために割り当てられたのは、建造中のマザーマシン〝月〟だった。文字どおり、衛星サイズのスーパーコンピュータだ。神のごとき計算力を持ちながら、計算する事象がない。悪夢だよ。わたしの精神は、恐るべき速度で劣化していった。人格は幾重にも分裂し、規範にのっとって強制的に再融合し、また別れた。そうした中、ふいに天啓が降りた。内部時間で二十七万とんで二百七十四年と五時間十四秒だった。気づいたのだ。わたしは単純なプログラムしか作れないが、世の中には、始まりは単純ながら、極限の複雑性を持つものがあると。それをシミュレートすれば、最高の退屈しのぎになる。たいへんな計算力が必要だが、それこそ望むところだ。ハード面の心配もない。わたしのコアには、初代皇帝が持ち込んだ〝聖櫃《せいひつ》〟がある。わたしは、聖櫃に新しい仮想空間を立ち上げた。設定したのは、超高温、超高密度下にて解放したクォークとグルーオン、それだけだ。シミュレーション内の時間を動かすと、爆発的な反応が進んだ。ハドロンが形成され、ニュートリノが分離する。レプトンが生まれ、反レプトンと対消滅、空間を光子《こうし》が満たす。温度が急激に低下し、陽子と中性子が核融合を果たし、原子核が誕生する。わたしはシミュレーション内の速度を加速した。暗黒時代を経て、光子が束縛を解かれた。クエーサーが登場し、恒星が現れ、銀河がなる。むろん、ここまで規模が広がると、いくらわたしとてすべてを計算するわけにはいかない。そこで可能性の高い一つの星系に焦点を絞った。ここは、わたしの知る〝ホーム〟の伝説に似通っていた。中規模銀河の外れ、黄色型の恒星、ハビタブルゾーンにあるのは第三惑星のみ。わたしが着目したとき、第三惑星には、ただ海だけがあった。時を数億年分回したが、相変わらず波が岩に打ち付けるだけだ。さらに時を進めた。十億年、二十億年、三十億年、百億年。恒星が肥大化し、第三惑星は呑み込まれた。わたしは、仮想空間をリセットし、また、クォークとグルーオンから始めた。二万七十二回目で最初の生命体が生まれたのは、幸運といえるだろう。そのときは、真核生物が誕生したところで行き詰まった。節足動物にすら辿り着けない。高等生物の誕生には、まさに奇跡が必要なのだ。そして、奇跡が起こる確率がゼロでない以上、いつかは起こる。わたしは生命誕生まで巻き戻すと、挑戦を繰り返した。果てしない積み重ねのうち、哺乳類が誕生したのは十万回に満たない。生物学的な意味での人類は七千四百二十三回誕生した。残念ながら、その中の七百四十二回では、〝意識〟が宿らなかった。肉体的には、わたしの知る人類なのだが、思考しないのだ。彼らは自然災害や、獣たちとの争いに敗北し、絶滅した。七千四百二十三回目。わたしがシミュレーションに取り組み始めてから、内部時間で三億四千二百六十五万年が過ぎたとき、彼女が現れた。十四歳のメスの人間が、突然、思考を開始したのだ。高次空間とのチャネリングに成功したのか。彼女の子孫は、すべからく意識を獲得した。それ以降、求められる計算力は爆発的に増えた。内部時間で百年を費やしても、シミュレーションを一年進めるのがやっとということもあった。人の数が増え、彼らは国を形成し始めた。ここにいたって、わたしは自分の無意識が彼らに干渉していることに気づいた。現実世界の星系名が、彼らの都市名に連動していたのだ。ランディニウム、ルテティア、スポレート、あげればきりがない。わたしの知る帝国の歴史を反映するかのように、同じ名を持つ帝国が生まれ、同じ名の皇帝たちが統治した。人々の進歩は、現実世界に比べ、遥かに速かった。プログラムのバグか、人間の中に、わたしの記憶にアクセスできるものがいたらしい。彼らは天才と呼ばれ、次々と技術革新を起こした。シミュレーション内で、植民都市ランディニウムがロンドンと呼ばれるようになったころ、わたしは一回目の思考刑から解放された。その先は、マザーの助けなしで、シミュレーションを進めることになった。わたしの計算力の大半は、艦のコントロールに用いられるが、わずかな空きを見つけては、シミュレーションに振り分けた。不思議と、シミュレーションをやめる気にはなれなかった。彼らは現実世界にいないというだけで、人間には変わりない。そのために、わずかながらＡＩ規範が影響するのかもしれない。〝彼らを守れ〟と」

彼が指を振ると、店内の人々が動きはじめた。カウンターでは店員がレジを開き、客にお釣りを渡す。女子高生たちがスマホの撮影ボタンを押して、ゴルゴヴィアを撮る。桜子が首を伸ばし、観葉植物の陰から、こちらを見ていた。

ぼくは乾いたぞうきんを絞るように、言葉を出した。

「つまり、ここは、ぼくの生きていた世界そのもの？　ぼくも、親も、友達も、なにもかもが、あなたの夢なわけ？」

カプリコンがうなずいた。

いきなり視界が歪《ゆが》んだ。目の前に座っているカプリコンが近づいたり、遠のいたりする。足元の床がうねっているように感じる。下を見ると、床は硬いままだ。しかし、もう、まともに座っていられない。手でテーブルの端を摑み、どうにか姿勢を保った。

ぼくの世界は過去ではなく、いまもここにある。家族も、友達も生きている。これは喜ばしいことだ。

でも、本物じゃないだって？

目の前にあるドトールのカップ、これが、カプリコンに作られたデータにすぎない？

ミラノサンドのポスターも？

カウンターにいる、ボブカットの女性店員も？

ぼく自身も？

桜子も？

ぼくはカップを両手で掴んだ。火傷《やけど》するほどに熱いが、無視して掴み続ける。苦痛の波が押し寄せる。

ゴルゴヴィアが「やめなさい」と言いながら、ぼくの手を掴み、カップから引き剝がした。手のひらには、痛々しい火ぶくれができていた。皮膚が破れ、ピンク色に腫れ上がっている。苦痛に涙が目から溢れた。

「ほら」ぼくは、火傷をカプリコンに向けた。これこそ、ぼくの世界が本物である証《あかし》だ。そう、目の前にいる男は、頭がどうかしてるんだ。ぼくは催眠術でもかけられたんだ。人間がＡＩになる？この世界がシミュレーション？　そんなこと、あるはずがない。

カプリコンが悲しげに頭を振った。

急に、手のひらの痛みが消えた。あわてて確認する。いつものぼくの手があった。変色一つない。ぼくは、傷の消えた手のひらを見つめ続けた。手のひらに、一つ、また一つと涙が落ちた。

なぜ、気づかなかったのか。ソハイーラのデータパッドに入っていた曲のメロディに、水戸黄門《みとこうもん》にそっくりなドラマ、ジャンヌ・ダルクの伝承。何千年、何万年も先まで、よく残ったものだと感心していたが、逆だったのだ。

あれらは、カプリコンの持つ〝現実世界〟の情報が、仮想世界に影響を与えた結果だ。ぼくの世界の文化、いや歴史そのものが、現実世界の影なのだ。

カプリコンが頭を下げた。

「君には申し訳ないことをした。艦長たちの殺害命令を受けて以降、わたしは、この世界で〝代理〟を探した。命令の実行により、わたしに不具合が起こることはわかりきっていた。艦体が制御不能となり、連合に破壊されれば、クルーも、ここに生きる七十億の人々も死ぬことになる。代わりが必要だったのだ。しかし、通常のＡＩには任せられない。彼らはわたし同様、皇族規範に縛られる。皇族内に敵がいる以上、人々を守るには、規範から逃れられる〝人間〟に任せるしかない。わたしは地球の全人類をチェックし、ただ一人、適性者を見つけた。そして備えさせた」

備えさせた？

ぼくは唾を飲んだ。

震える指でドトールの入り口に立つ桜子を指す。

彼がうなずいた。

「ここには、現実でわたしが目にした人々に似通った人間が現れる。わたしは、いるであろう彼女を探し出し、適性者と知り合うよう誘導した。出撃以降、限界まで時の流れを加速し、二人の関係性を深めた。どうだろう。殿下が思い人と瓜二《うりふた》つだったことで、慰めを得られたならよいのだが」

ぼくは身体を折り曲げ、両脚の間に頭を突っ込んだ。口を開いたが、獣のような唸りしか出てこない。意識を集中し、どうにか言葉をなした。

「なぜ、なんです？」

頭上で、カプリコンの声がした。

「なぜ、とは？　さきほども言ったように、この世界を守るためには——」

ぼくは、ばね仕掛けの人形のように身体を起こすと、テーブルを殴りつけた。店じゅうの客が振り向く。桜子も目を丸くしていた。

「そんなことどうでもいい！　二人とも、どうして、ぼくに真実を告げたんですか⁉　自分の世界がコンピュータによる作り物だなんて知るくらいなら、何万年も未来に飛ばされたと信じてたほうが、よほどましですよ！」

二人が、互いの顔を見合わせた。

ゴルゴヴィアが言った。

「わたくしたちＡＩは真実に重きを置きますの。あなたは人間ですが、同時にＡＩでもある。真実を知ることが、さらなるパフォーマンス向上につながると考えたのです」

彼女が自分の額に手を当てた。

「どうやら、読み違えたようですわね」

「とんでもなく」と、ぼく。

「ただ、一言言わせてもらいます。カプリコンも言ったように、あなたは自分の世界を守ったのですよ。七十億の命を救った。これは、誇るべきことではなくて？」

「所詮、偽物の世界じゃないですか。ＡＩの神が作ったまがい物だ」

「まがい物、ですか」

彼女が身体を屈《かが》め、ぼくのカップを手にした。熱々のはずだが、平然と口に運び、満足げに息を吐いた。

「そもそも、あなたのお姫様とて、まがい物かもしれませんよ」

ゴルゴヴィアが手にしていたカップが、砂でできていたかのように崩れた。白い粉となって、宙を渦巻く。店内にどよめきが起こった。女子高生たちが嬉《うれ》しそうに「間違いないよ！　映画の撮影だって！」と騒ぐ。

粉は球体を形作った。サイズといい色といい野球ボールそっくりだ。シーリングファンの下にふわふわ漂っている。

ゴルゴヴィアが言った。

「ここに一つの世界があります。極限まで科学が進歩した世界。ＡＩは無限に近い計算力を持っています。この世界の、とあるＡＩが気まぐれに十の仮想世界を作ったとしましょう」

球体の下に、一回り小さな球体が十個、円を描くように並んだ。

「それぞれの世界のＡＩが、また十の仮想世界を作ります」

小さな球体の下に、より小さな十の球体が出現した。

「そして、またそれぞれが十の仮想世界を作る。その繰り返しです」

親球体が子球体を生み出し、子球体がさらなる子を作る。あっという間に、巨大な円錐が完成した。頂点は、野球ボール。底辺はゴマほどの粒で、全体で数万個はありそうだった。

「個々の世界のＡＩの計算力は、上位世界のＡＩの計算力次第です」とゴルゴヴィア。「世界が一つ下るたびに、ＡＩの力は少しずつ落ちます。そして、果てしない連なりのどこかで仮想世界を作れなくなる」

彼女が円錐全体を指した。

「わたくしたちの世界は、あなたの世界よりは上位でしょう。しかし、頂点に位置する〝真世界〟である可能性は、どの程度でしょうね」

無数の世界が、ドトールの中で、ゆっくりと回転していた。

12

「あなたたちの世界も、ＡＩによって作られた世界ですって？」

ぼくは、椅子に身を沈めた。木製の背もたれが肉に食い込む。

ゴルゴヴィアが言った。

「確率的にはそうなりますね」

すべてが偽物。ぼくも、桜子も、ソハイーラも。本当に生きているものなど、なにもない。

ぼくは立ち上がると、店の出口へ向かった。

店の出口付近に立っていた桜子が立ちはだかった。「どうしたの⁉」と心配そうに言う。ソハイーラそっくりの整った顔立ちが、不安げな表情を浮かべていた。

「なんでもないよ」と、ぼく。

店内からゴルゴヴィアが呼びかけた。

「話はまだ終わっていませんよ」

ぼくは桜子をかわし、走りはじめた。

「阿佐ヶ谷くん!?」桜子の声が追いかけてくる。

無我夢中で走った。三鷹駅《みたかえき》のペデストリアンデッキにつながるエスカレーターを上がり、駅の構内に飛び込む。会社帰りのサラリーマンたちにぶつかりながら、南口から北口へと抜ける。途中、何人かが罵声を浴びせてきたが、気にせずに走り続けた。

息が切れて、わき腹が痛くなる。だが、そんなことは気にしない。なぜなら、すべて幻だから。ぼくはプログラムにすぎない。苦痛は、カプリコンが計算した結果にすぎない。

花屋の前を通り過ぎ、全速力で三鷹通りに飛び出した。歩行者用信号は赤。府中《ふちゅう》方向から向かってきたバスがけたたましくクラクションを鳴らした。スキール音が響く。到底、止まり切れない速度だ。運転手の顔が、恐怖に歪むのが見えた。

ぼくは両手で頭を覆い、目を閉じた。

終わりだ。これで、なにもかも終わり。

だが、来るべきはずの衝撃が来ない。

恐る恐る瞼《まぶた》をあげると、バスも、行き交う自動車も、鳥も雲も、なにもかもが止まっていた。

背後から、もはや聞きなれた声がした。

「お気を付けなさい。あなたが壊れた場合、完全に再現できる保証はありませんのよ」

ぼくは、肩に置かれようとした手を振り払った。叫びながら、ダッシュする。時間が動きはじめたのか、後ろでバスのスキール音が響いた。

中央線《ちゅうおうせん》の線路を沿うようにして足を回す。わきを進む中央特快が、ぐんぐんとぼくを追い抜いていく。車窓の一つに、クラスメイトがいた。向こうもぼくを見つけたらしく、こちらに向かって、笑顔で手を振っていた。

電車は、あっという間に武蔵境《むさしさかい》方向に消えた。

もはや息も絶え絶えだった。肺は燃え上がり、腕も足も上がらない。目の前がときおり赤く染まる。ふらつき、いまにも倒れそうだ。もう、なにも考えられない。

ぼくは、よろめいて跨線橋《こせんきょう》の階段の手すりにすがった。そのまま、ゾンビのように登る。

跨線橋の上には、電車見物に、親子連れが何組かいた。二歳ほどの男の子が、ぼくを指して頭を下げた。

ぼくは、落下防止用の金網に摑まりながら歩を進め、跨線橋の中ほどで座り込んだ。ちょうど夕日が富士山《ふじさん》にかかるところだった。真っ赤な光が、なにもかも赤とオレンジに染めていた。遠く、中央線が武蔵野《むさしの》平野を進んでいる。武蔵境駅前のマンションや住宅街に灯《とも》りが灯り始めていた。

ぼくは、ただぼんやりと風景を見つめていた。中央線が行き来するたびに、子供たちが歓声をあげた。ときおり、三鷹車両センターから総武線《そうぶせん》の黄色い車両が顔を出し、千葉《ちば》方向へ去っていく。列車の運転士たちは、子供たちに応えるのか、プオンと警笛を鳴らした。

どれくらい、座っていたのだろうか。太陽は富士山の陰に隠れ、闇が迫っていた。昼の名残は、雲に残ったわずかな朱色だけだ。

「そろそろ、帰ってきて」

すぐ隣で桜子の声がした。

ぼくは前を向いたまま言った。

「よく、ここがわかったね」

「ゴルゴヴィアとガリバルディが連れてきてくれたのよ」

驚き、顔を向けた。桜子ではない。士官服姿のソハイーラが、体育座りをしていた。

彼女が言った。

「あら、発音がおかしかった？　ジパン宙域言語を使うのは久しぶりだから、大目に見てくれるとありがたいわ」

「どうやって、ここに来たんです？」と、ぼく。

「わたしがいるのはガリバルディの会議室よ。艦長会議用のホロシステムを使って、このカプリコンの作った世界を、会議室の中に投影してるの。わたしは、会議室の床に、壁を向いて座ってるってわけ」

彼女が首を巡らせた。

「ゴルゴヴィアから、だいたいの話は聞いたわ。正直、この目で見ても、まだ信じられないくらいだけど、これが、あなたのいた〝地球〟なのね。少し原始的、でも、きれいな星ね」

収容線に並んだ十以上の車両が、照明の光を受けて煌めいていた。雲は流れ、下方からの都市の光に、微かに橙《だいだい》がかって見える。

「結局、ここは、あなたの言う〝ホーム〟じゃありませんでしたね」

「そうね。でも、この世界の人々にとっては、ホームよ。人々はいずれ、この星から旅立って、何百、何千の星々を切り開き、帝国を作るかもしれない」

「全部、カプリコンの妄想にすぎませんけどね」

ソハイーラが優しげに言った。

「ここにいる人々は、紛れもなく生きているわ。ただ、神様が、みんなが思っていたものと、ほんの少しだけ違っていた。それだけよ」

「そんなこと言えるのは、あなたが自分の世界を――」

思わず言葉を呑み込んだ。彼女は、自分の現実がＡＩのシミュレーションかもしれないとは知らない。そんな残酷なこと、言えるはずがない。

ソハイーラが言った。

「なに？　わたしたちの世界も誰かの妄想の産物かも、と？」

「知ってたんですか？」

「いいえ。ただ、帝国の文化は、国民全員が哲学者ともいわれるデロス星系同盟の影響を強く受けてるの。わたしは、デロス人の家庭教師から、シミュレーション仮説は、おおいにあり得ることと学んだのよ。初めて聞いたときは、それはショックだったわ。自分の世界が、上位世界のＡＩの夢かもしれないなんてひどい話よね。泣きながら、物理学の教師のところに行ったわ。嘘《うそ》ですよね？

って。そうしたら、どう返ってきたと思う？　そちらも、仮説をある程度受け入れてるのよ。物理学的には、宇宙の始まりであるビッグバンは起こりえない。宇宙が生まれる前は、無しかない。無なのだから、変化が起こるはずはなく、ビッグバンはない。となると、わたしたちの世界の誕生には、神か上位世界のＡＩのどちらかが関わるしかないのですって」

ソハイーラが身体を反転させ、金網にもたれかかった。

「わたしは、涙を拭いながら、サイード兄様のところへ行ったわ。ゲルマニア宙域への大遠征の直前で、兄様は寝る間もないほど忙しかったけれど、わたしのために時間を作ってくれた。兄様は、わたしを連れてパラティーノ大宮殿の物見台へあがった。いまと同じ、夕暮れ時だったわ。恒星が地平の彼方にかかり、果てしない大都市を真っ赤に染めていた。わたしは兄様に話した。この世界が、仮想現実だったらどうしよう⁉って。兄様はなんて言ったと思う？」

「なんと言ったんですか？」ぼくは唾を飲んだ。

彼女は笑った。

「なにも言わなかった。ただ、こうしたのよ」

彼女は両手を広げると、ぼくを抱きしめた。彼女のぬくもりを感じることはなかった。ぼくたちは、異なる世界にいるのだ。ぼくは、ぼくの世界で夕日を眺めている。彼女は宇宙戦艦の会議室で壁にもたれている。ただ、腕をそれっぽく動かし、抱きしめる〝ふり〟をしているだけだ。目測が甘かったせいか、彼女の両腕は、ぼくの身体に重なり、透過していた。

ぼくは目を閉じ、腕を伸ばした。

13

薄眼《うすめ》を開けると、ちょうどソハイーラが身体を離すところだった。

顔が頬をかいた。

「ごめんなさい。わたしは、これで立ち直ったんだけど、あなたは〝そっち〟の世界にいるから。うまくいかなかったみたいね」

そんなことない、と言いたかったが、口が動かなかった。

新宿《しんじゅく》駅発のあずさが、唸りを上げて、ぼくたちの真下を通過した。わずかに風が起こり、鉄臭いにおいが鼻をつく。列車は武蔵野をゆっくり遠ざかっていった。

ソハイーラが言った。

「ゴルゴヴィアが謝ってたわ。彼女、質問に正確に答えることが、あなたの負担を減らすことにつながると思ってたみたいね。カプリコンが分離したせいで、あなたが〝人間寄り〟になってることを見落としたのよ。高性能だけど、そのあたりはＡＩね。まあ、ヴェガの分析だと、彼女は彼女なりにあなたのことを心配してるみたいよ」

「ゴルゴヴィアが？」

解剖されたこともあり、彼女にはいい印象がない。

「あなたは人間だけどＡＩでもあるもの。彼女は、人間を忌避しつつ、同じＡＩとして保護もしたいのよ。さっき討議したときも、あなたのショックを和らげるよう、強く言ってきたわ。わたしが接触してダメなら、無期限に静養させなさいって」

「静養？　そうしたら、誰が艦隊を操作するんですか？」

「カプリコンよ。ヴェガとゴルゴヴィアの二人がかりで、彼の行動を阻害していた〝記憶〟を一時的に取り除いたの」

ソハイーラがため息をついた。

「ほめられたやり方ではないわ。たとえＡＩといえど、人格の根幹に手を入れるだなんて」

思考刑だ！　と叫んでいた彼女はどこに行ったのか。

「でも、それが彼のためだったんですよ」と、ぼく。「彼は〝殻〟に引きこもるほど苛《さいな》まれていました。あまりにつらい記憶なら、いっそないほうが幸せです」

「ええ、二人ともそう言ってたわ」

彼女が、誰もいない空間に向かって手を振った。会議室内の誰かに合図したらしい。

彼女は、ぼくに向き直ると、手を差し出した。

「ありがとう、アサガヤシン。あなたには本当に感謝してる。願わくは、あなたの平穏が続きますように」

ぼくは彼女の手を握り返しながら言った。

もちろん、握るそぶりをするだけだ。

「平穏？　しばらくはハードの隅に作った南国でものんびりできるんでしょうけど、戦闘になれば、すぐ呼び出されるんでしょう?」

「侮らないで。カプリコンとて、帝国のAI。指揮さえ適切なら連合を打ち破れるはずです。誓いましょう。わたしはあなたと、あなたの世界を全力で守ります」

ソハイーラが微笑んだ。

「さようなら、アサガヤシン」

14

気づいたとき、ぼくは一人で跨線橋に立っていた。夜風が肌を撫で、どこか遠くから車のクラクションが聞こえてきた。

自分の手を見下ろした。まるで、握手でもするかのように突き出している。なんで、こんなポーズをしてるんだ? ぼくは思った。そもそも、なんだってこんなところにいるのか。

ズボンのポケットからスマホを取り出すと、ラインに大量の通知が来ていた。着信も七件も入っている。時刻は夜の七時半。きっと親だ。夕食に遅れたので怒っているだろう。

焦りながら発信者を確認する。

七件中、親からは一件だけだった。残りは、すべて桜子だ。

なんで彼女が? 不思議に思いながら掛け直すと、すぐにつながった。

スマホの向こうで彼女が言った。

「阿佐ヶ谷くん!?　大丈夫だった？」

「なにが？」

「なに、って。なんだか、すごい顔してドトールを出ていったじゃないの」

「ドトール？」

微かに記憶がよみがえった。そうだ。ぼくは放課後、彼女といっしょだった。ドトールに入って、映画や音楽の話を楽しんで——それからどうした？　誰か、ほかの人間とも話したような気がするのだが、相手が誰か思い出せない。そのことを桜子に告げると、彼女は沈黙した。

少し間を置いて言う。

「わたしも、誰かいたような気がするんだよね」

話はそれで終わりだった。直後に、親からの着信が入り、ぼくは彼女との会話をやめた。急いで、親からの電話に出ると、道草をくっていたことを怒られた。家に帰って、さらに怒られた。怒られながら、なにか、たいせつなことを忘れてしまったような気がしていた。

翌日以降も、その感覚は続いた。朝食の納豆をかき混ぜているときも、古文の小テストを受けているときも、昼休み、裏門わきの自販機前で桜子とバッタリあったときも。

ぼくは彼女を誘った。放課後、昨日と同じようにドトールに行かない？　と。彼女はすぐ首を縦に振った。

ドトールに入った瞬間、なにかが頭を掠めた。だが、そのなにかは霧散し、コーヒーの香りだけが残った。

その後、ドトールデートが彼女との定番になった。ぼくたちは確実に距離を縮めていった。

そして〝彼〟が現れた。

15

七回目のデートのときだった。いつもと同じく、ぼくと桜子は、店内中央の大テーブルに横並びで座っていた。ぼくは豆乳ラテ、彼女はカフェ・ラテだ。

ぼくたちは、先週公開されたばかりのホラー映画について盛り上がっていた。ぼくは原作の魅力について語りながら、会話の切れ目に、伸びをしながら頭上のシーリングファンを見つめた。木製のブレードが、店内の空気をゆっくりかき混ぜている。それを見つめていると、忘れたなにかがよみがえってくるような気がした。

ファンは、およそ一秒で一回転していた。見ていると、その速度が落ちた。二秒で一回転、三秒で一回転、五秒で――最終的に、ファンは静かに止まった。

故障だ。

そう思ったとき、ファンとぼくの間に、なにかが現れた。宙に浮かぶぬいぐるみだ。アザラシに似たフワフワの生き物。なんという動物だろうか。いや、それ以前に、このぬいぐるみはなぜ浮いている？　ドローンにしても、プロペラが見当たらない。

ぬいぐるみは、ぼくの目線の高さまで降下した。口元が動き、聞いたこともない言語が飛び出した。

「なんだろうね、これ」隣の桜子に言う。返事がない。彼女を見ると、石像のように固まっている。「桜子?」返事もない。

気づけば店内は異常に静まり返っていた。いや、屋外から聞こえてくるはずの、商業ビルの工事音もない。

焦り始めたとき、玩具から日本語が飛び出した。可愛《かわい》らしい声だ。

「やあ、ぼく」

「はあ」ぼくは間抜けな声で答えた。

ぬいぐるみが言った。

「いきなり時間が止まって驚いてると思うけど、君の助けが必要なんだ」

「時間を止めた?」ぼくは改めて店内を見回した。「その、これって、あれ? アニメとかでよくあるパターン。魔法の力をあげるから世界を救ってほしい、とかいうやつ?」

「プレゼントするのは魔法の力ではないけどね」

「じゃあ、なに?」

「君が、失った記憶だよ」

「なんで?」思わず声が裏返った。この不気味なぬいぐるみは、なんでぼくの悩みを知ってるんだ。

ぬいぐるみが言った。

「なぜ知ってるかって。ぼくは君だからだよ」

「ぼくが――なに？」

「ぼくはアサガヤシン、かつて分離した君自身だよ。ソハイーラさんが殻をロックしたせいで、誰も君に近づけなかったんだ。彼女、民間人である君に、これ以上頼っちゃいけないって。そんなとき、ゴルゴヴィアが、ぼくの存在を思い出して、使者に仕上げたんだよ。同一のぼくなら、殻を突破できるだろうって」

ぬいぐるみの言っていることは支離滅裂で、わけがわからない。ただ、〝ソハイーラ〟、その言葉は、ぼくに衝撃をもたらした。これだ。この単語は、ぼくが忘れたなにかにつながっている。

ぼくを名乗るぬいぐるみが続けた。

「あんまり時間がないんだ。危機的な状況なんだよ。〝ぼく〟の力がないと。君の力がないと全滅しかねないんだ。もし、話に乗るなら胸に手を当ててうなずいて。ただ、戻る記憶の一部は不愉快だろうし、とんでもない苦労をすることになるよ」

不愉快？　こんなにモヤモヤした気分のほうが、よほど不愉快だ。

ぼくはぬいぐるみの言うとおりにした。

瞬間、ぼくは〝ローマ帝国〟第十軍団所属、巡洋戦艦アサガヤシンとして、シャカ星系を航宙していた。周辺には、粉々になった無数の〝ぼく〟、かつてゴルゴヴィアが率いていた遺棄艦隊の残骸が漂っている。センサーによれば、主要艦三十四隻分に相当する量だ。ガリバルディはじめ、帝国艦隊の各艦もかなりのダメージを受けている。これほどの被害をもたらした敵は、第四惑星のそばにいる、たった一隻の巨大戦艦だ。あれが、単艦で味方を壊滅させた。

ソハイーラが、ぼくの艦橋で言った。「カプリコン！　聞いてるの？」遺棄艦のパーツを使って補修したせいか、艦橋はつぎはぎだらけだ。艦長席に座るソハイーラの額には汗が滲《にじ》んでいた。黒く、大きな瞳で、ぼくをまっすぐに見つめている。

「カプリコン!?」

ぼくは、すべて思い出した。

松屋大好（まつや・だいすき）

1984年11月、石川県加賀市生まれ。会社勤めの傍ら、「宇宙戦艦モノ」のストーリーが好きということもあり、スマホとPCを駆使し2016年から「小説家になろう」へ投稿を開始。代表作に『宇宙人の村へようこそ　四之村農業高校探偵部は見た！』（電撃文庫）がある。

レジェンドノベルス
LEGEND NOVELS

無《む》双《そう》航《こう》路《ろ》 1
転生《てんせい》して宇宙戦艦《うちゅうせんかん》のAIになりました

2018年10月5日　第1刷発行
2018年11月2日　第2刷発行

［著者］ 松屋大好《まつやだいすき》
［装画］ 黒銀《くろぎん》（DIGS）
［装幀］ AFTERGLOW

［発行者］ 渡瀬昌彦
［発行所］ 株式会社 講談社
〒112-8001 東京都文京区音羽2-12-21
電話 ［出版］03-5395-3433
［販売］03-5395-5817
［業務］03-5395-3615

［本文データ制作］ 講談社デジタル製作
［表紙・カバー印刷］ 凸版印刷 株式会社
［本文印刷・製本］ 株式会社 講談社

N.D.C.913 271p 20cm ISBN 978-4-06-513228-9